책 쓰기는
애쓰기다

책 쓰기는

애쓰기다

지식생태학자 유영만 지음

✦ 나무생각

차례

2장 읽기

— 읽기는 다른 세상과 만나는 접속이다

3장 짓기

― 글은 삶이 남긴 얼룩과 무늬다

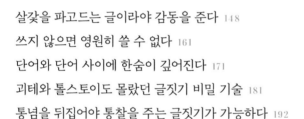

생각을 행동으로 옮기는
Practical Exercise Corner

4장 쓰기

— 책 쓰기는 삶을 담아내는 애쓰기다

경계 너머의 낯선 삶을 흠모하다

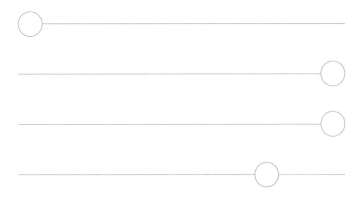

불우한 삶은 남다른 재능이나 포부를 가지고 있으면서도 때를 만나지 못해 출세를 못했거나, 살림이나 처지가 어려운 삶이다. 하지만 글을 쓰는 사람 입장에서 볼 때 불우한 삶은 낯선 환경과 조우하지 못한 삶이다.

불우한 사람의 특징은 세 가지로 정리할 수 있다. 첫째, 낯선 체험을 하지 못하는 것이다. 나의 경험이 나를 만들어간다. 비슷한 일을 반복하면 비슷한 경험을 축적할 뿐이다. 내 생각 또한 경험하며 깨닫는 순간에 더 확장된다. 하지만 비슷한 경험이 반복되면 낯선 자극을 받을 수 없다. 낯선 경험을 거부하는 사람이 불우한 첫 번째 이유다.

둘째, 낯선 사람과 만나지 못해서 불우하다. 내가 만나는 사람이 나다. 낯선 사람을 만나지 못하면 나의 사유가 새롭게 바뀌지 않는다. 나를 자극하는 사람을 만나야 과거의 나에서 새로운 나로 다시 태어날 수 있다. 어제 만났던 사람을 반복해서 만나면 인간관계도 바뀌지 않는다. 인간은 관계가 바뀌어야 성장할 수 있다.

셋째, 낯선 지적 자극을 받지 않아서 불우하다. 낯선 지적 자극의 원천으로는 가장 먼저 책을 꼽을 수 있다. 책을 아예 읽지 않는 사람은 나와 다른 낯선 생각을 품은 사람의 흔적에 접선할 수 없다. 이들에 비해 덜 불우하지만 비슷한 책을 반복해서 읽거나 경계 너머의 낯선 책을 읽지 않는 사람도 여전히 불우한 사람 축에 낀다.

불우한 삶을 다른 각도로 해석할 수도 있다. 첫째, 내가 불우한 까닭은 낯선 체험을 하지 못해서가 아니라 체념하기 때문이다. 절망의 늪에서 간신히 헤어 나와 새 희망을 품고 도전했지만 또다시 처참하게 실패했을 때 우리는 체념한다. 하는 일이 좌절과 실패로 얼룩질 때 그럼에도 포기하지 않고 그 불우한 체험을 디딤돌로 바꿔야 한다. 불우했던 실패작들이 난국을 돌파하는 노하우로 변신할 수 있다.

둘째, 사람을 만나지 못해서 불우한 삶이 아니라 내 삶을 불우하게 만드는 사람을 만나서 불우하다. 누군가에게 한 사람은 한 세상이지만 또 누군가에는 한恨 많은 세상이다. 반려자를 잘못 만나서 쓰라린 이혼을 경험한 사람이 많다. 또 불온한 뜻을 품고 접근한 사람에게 사기를 당해 다시 일어설 수 없을 정도로 피해를 본 사람도 있다. 내 삶이 불우한 이유는 그런 사람들만 계속 만났기 때문이다. 그럼에도 불우한 인간관계에서 이상적인 만남의 의미와 가치를 배울 수 있다면 불우함에서 벗어날 수 있다.

셋째, 내가 불우한 까닭은 낯선 자극을 주는 책을 읽지 않아서가 아니라 그런 책을 사서 읽을 수 없는 환경이기 때문이다. 경제적으로나 시간적으로 읽고 싶은 책을 마음 편히 읽을 수 없는 환경이어서 우리는 불우하다. 하루 종일 육체노동에 시달리다 피곤한 몸을 이끌고 집으로 돌아와 책을 잡는 순간 졸음이 쏟아진다. 그럼에도 한 글자라도 읽으려는 사투는 눈물겹다. 과거의 내가 그랬다. 지금은 마음껏 책을 볼 수 있지만 과거의 나는 불우한 독서 경험으로 절박함을 배웠고 낯선 책이 주는 자극을 흠모했다.

———

경험이 쌓여갈수록 자신의 경험으로 타인의 생각을 재단하려는 시도를 조심해야 한다. 나의 생각이 경험이라는 사각지대에 갇혀 타인의 낯선 생각을 거부하거나 함부로 평가하려는 관성이 생기지 않았는지 예의 주시할 필요가 있다. 내 경험을 주도면밀하게 따져보고 바깥의 다른 경험에 비추어 재해석하는 노력을 게을리하는 순간 나도 '꼰대주의'에 빠지게 된다.

경험적 관성의 늪에 빠지면 아무리 색다른 자극이 들어와도 내 안의 사유는 기성의 언어를 관습적으로 끌고 나온다. 색다른 사유가 있어야 색다른 언어로 표현된다. 하지만 타성에 젖어 낯선 자극을 거부하면 식상한 문장을 대량 양산하기 시작한다. 문제는 그런 관습과 타성의 늪에 빠져 허우적거리는 자신을 알아차리지 못한다는 데 있다. 어지간한 노력으로는 빠져나올 수 없는 언어적 관성의 늪이다.

경계 너머의 낯선 사람과의 만남이 깨우침을 주는 글을 낳는다. 프랑스의 작가이자 사상가인 모리스 블랑쇼Maurice Blanchot가 말하는 '바깥의 사유'가 글 쓰는 사람에게도 중요한 이유다. 경계를 넘어가 살아보고 낯선 자극을 주는 책을 읽는 사람만이 깨우침의 글로 독자에게 공감을 줄 수 있다. '쓰기'의 행위가 불굴의 의지만으로 가능하지 않은 이유이기도 하다. 내가 써내는 문장은 바깥의 자극이 내 안으로 들어와 숙성된 사유의 산물임을 기억하자.

지금의 나를 벗어나 미지의 내가 되어보려는 몸부림은 낯선 마주침이 낳는다. 내 안에 들끓는 욕망이 있더라도 바깥의 자극을 만나지 못하면 내 안의 욕망은 계속 잠들어 있을 것이다. 아무리 큰 가능성이 내 안에 잠재해 있다고 할지라도 그것을 흔들어 깨우지 못한다면 무슨 소용이 있겠는가.

헌책방에서 쇼펜하우어의 책을 만난 니체 역시 목자의 길을 포기하고 철학자의 길을 걸었다. 이처럼 바깥의 지평이 열리면 내면이 심화되고 확장된다. 바깥에서 들어온 뜻밖의 자극이 잠자고 있던 내 안의 무의식적인 자아에 어떤 영향을 끼칠지는 아무도 모른다. 다만 밖으로 향하는 몸부림이 먼저 선행되어야 한다. 지금까지 살아온 나의 삶 역시 인식을 심화하고 확산하기 위한 몸부림이었다. 밖으로 향하는 몸부림이 없다면 아무리 주문을 외워도 나에게 영감을 주는 그분은 다가오지 않을 것이다.

———

울림을 주는 글은 울림을 당해본 사람만이 쓸 수 있다. 흔들려본 사람만이 세상을 뒤흔드는 글을 쓴다. 울림은 나와 바깥의 자극이 만나 충돌하는 마찰음일 수도 있고, 도덕적 분노이거나 몰상식한 행동에 대한 나의 울음일 수도 있다. 마음에 들지 않지만 어쩔 수 없이 받아들이는 과정에서 겪는 감정적 소용돌이일 수도 있고, 힘들지만 버텨내야 하는 당위론적 사명 앞에서 나약한 내가 토해내는 울부짖음일 수도 있다.

처절한 삶이 작곡하고 고단한 삶을 견뎌내는 의지가 작사한 '울음'이 세상을 향해 울려 퍼지는 '문장'으로 직조된다. 나의 울음이 널리 울려 퍼지기 위해서는 좌절과 절망의 뒤안길에서 절치부심하며 겪어낸 경험을 언어로 담아내야 한다. 갈림길에서 택했던 나의 길이 잘못된 선택이었음을 깨달았을 때, 정처 없는 방황 속에서 암담함과 불안감이 엄습해올 때, 세상의 끝자락에 내몰려서도 살아남기 위해 몸부림치던 과정을 몸으로 써낸 글이라야 한다.

오로지 나를 중심에 세울 수 있는, 내 삶이 담긴 글로 독자에게 다가가야 한다. 나를 울렸던 현실과 맞서 싸운 얼룩이 무느로 직조된 문장이라야 울림으로 다가온다.

　이처럼 바깥에서 발생하는 무수한 사건과 사고는 내 마음이나 의지로 통제할 수 없는 불가항력의 일이다. 갑자기 천둥과 번개가 치고 멀쩡했던 날씨가 돌변하며 소나기를 몰고 온다. 현실은 언제나 사전 각본대로 진행되지 않고 통제할 수 없는 변수로 가득하다. 그래서 삶은 우발적 마주침이고, 악보 없이 연주되는 변주곡이다.

　나를 괴롭히는 상극의 힘과 맞서 싸워야 내 삶 역시 뜨거워진다. 수많은 불편함과 맞서 싸운 만큼 내 몸에도 사투의 흔적이 남는다. 그리고 그 흔적이 농축되고 숙성되면 심금을 울리는 글로 발현된다. 다시 말해 글은 삶에 저항한 만큼 농밀해진다. 밋밋한 삶은 밋밋한 글을 낳을 뿐이다.

　나의 고단한 삶이 독자의 어두운 길을 비추는 빛으로 다가간다면 얼마나 좋을까. 삶의 가치는 겉으로 쉽게 드러나지 않는다. 정말로 소중한 가치는 어둠으로 가려져 있거나 정면이 아닌 반대편에 숨어 있다.

"달은 우리에게 늘 똑같은 한쪽만 보여준다. 생각보다 많은 사람들의 삶 또한 그러하다. 그들의 삶의 가려진 쪽에 대해서 우리는 짐작으로밖에 알지 못하는데 정작 단 하나 중요한

것은 그쪽이다."°

프랑스의 철학자 장 그르니에Jean Grenier의 《섬》에 나오는 말이다. 이처럼 작가는 감춰진 이면의 아픔을 드러내 파헤치는 글을 쓸 때 독자에게 깊은 울림으로 다가간다.

바깥으로 탈주하는 경험이
어제와 다른 나를 만든다

———

글 쓰는 사람이 마지막으로 고민해야 할 질문은 지금 내가 쓰는 글에 나의 삶의 정수가 담겨 있는지다. 내 글이 처절한 삶이 던져주는 의미의 실체를 반추하며 녹여낸 사유의 산물인지, 아니면 다른 사람의 생각 위에 지어 올린 사상누각인지를 끊임없이 반문해야 한다. 다른 사람의 생각이 나도 모르게 머릿속으로 흘러들어와 내 생각인양 주인 행세를 하기 때문이다.

글을 쓰는 나는 얼마나 자주 나를 벗어나 미지의 세계 속의 나로 변신하는가? 나를 옭아매는 언어의 그물에서 탈출하

○ 장 그르니에, 《섬》, 김화영 옮김(민음사, 1997), p.90.

여 바깥으로 탈주하는 경험만이 나를 어제와 다르게 변신시키는 원동력이다. 바깥의 사유가 대체 불가능한 나를 만들어가는 힘이다. 대체 불가능한 존재라야 대체 불가능한 글이 나온다. 나 말고 다른 누군가도 쓸 수 있는 글은 의미 없다. 똑같이 니체를 읽었지만 나의 체험적 틀로 재해석해내야 한다. 내가 만난 니체는 내 몸을 통과해서 탄생한 나의 니체다.

"작가란 과거의 시간에 생명을 불어넣는 사람, 사라져가는 시간에 거역해서 글을 쓰는 사람이다."

독일의 소설가 귄터 그라스Günter Grass의 말이다. 내 몸에 각인된 추억과 아픔이 언어로 포착되는 순간 과거는 그 자리에서 언어로 위장된 문장을 남기고 사라진다. 바깥의 사유가 내 몸을 통과하는 순간, 그 경이로운 순간을 단어에 담아내려는 치열한 사투가 오히려 아픔을 잊게 만든다.

작가는 사소한 일이라도 색다르게 해석하려는 시도를 멈추지 않는다. 나도 모르게 그 무엇인가에 끌려간다. 그런데 그것을 문장으로 담아내는 순간 나에게 다가온 그 무엇은 죽은 것이 된다. 들판의 야생화를 찍어 액자 속에 가두는 것과 같다. 사진으로 찍히는 순간 꽃은 죽고 꽃이라는 사진을 낳는다. 마찬가지로 사막을 붉게 물들이는 저녁놀의 황홀함을 언어로 담아내는 순간, 황홀함은 언어에 의해 죽임을 당하고 그 대가로 문장을 토해낸다. 고심 끝에 언어로 포착된 문장과 언어로 포착되지 않은 것 사이에서 나는 오늘도 절치부심하고 있다.

어제와 다른 오늘을 살아내려는 안간힘이 힘든 삶을 살아가게 만든다. '지금까지'보다 '지금부터' 다르게 살아내려는 애쓰기가 책 쓰기의 재료가 되는 '살기'다. 다르게 살기 위해서는 나와 다른 세계를 경험하는 다른 작가의 책과 접속하며, '읽기'를 '살기'와 병행해야 한다. '읽기'가 '살기'와 맞물려 돌아갈 때, 글짓기가 집짓기처럼 내 삶의 터전으로 자리 잡는다. '쓰기'는 이렇게 '살기'와 '읽기', 그리고 '짓기'가 몸부림치면서 남기는 얼룩과 무늬의 합작품이다. '쓰기=살기+읽기+짓기'라는 4기技가 어제와 다른 삶을 살게 만든다.

쓰면 쓰임도 달라지고 쓴 대로 내 삶이 펼쳐진다. 롤랑 바르트Roland Barthes도 말하지 않았던가. 쓰기 행위는 사랑하는 대상을 불멸화하는 일이라고. 사랑하는 내 삶을 불멸의 작품으로 남기는 유일한 길은 꾸역꾸역 쓰는 것이다. 쓸데없는 삶은 없다. 지금이 바로 당신의 삶을 쓸 때다.

책 쓰기는
애쓰기다

1장

살으 앓이 지러는 터전이다

살기

살아내려는 안간힘이 한 사람의 역사로 고스란히 축적된다. 그 사람이 살아온 흔적 속에는 말로 담아내기 어려운 아픔의 얼룩도 있고 감출 수 없는 기쁨의 무늬도 있다. 아픔의 얼룩이 씨줄이 되고 기쁨의 무늬가 날줄이 되어 직조되는 개인의 역사가 하나의 스토리로 기록된다. 그게 바로 그 사람이 살아온 역사다.

지난 과거는 그냥 의미 없이 흘러가지 않는다. 내 몸을 관통하며 시간의 얼룩과 무늬를 온몸에 새기고 흘러간다. 그걸 되살릴 수 있는 사람은 오로지 나뿐이다. 내 몸에 각인된 역사적 흔적은 오로지 나를 통해서만 의미 있게 복원된다. 다른 사람의 삶으로 대체하거나 환원할 수 없는 나의 삶이 나의 글이 되고 책이 된다.

"진정으로 무언가를 발견하고자 하는 여행은 새로운 풍경을 바라보는 것이 아니라 새로운 눈을 가지는 것이다."

마르셀 프루스트Marcel Proust의 말이다. 대단한 역사적 사건만이 글감이 되는 것은 아니다. 평범하고 익숙한 일상도 어제와 다른 눈으로 들여다보면 낯선 세상으로 다가온다. 매일 반복해서 돌아가는 나의 삶을 어제와 다른 시선으로 바라보아야 하는 이유다.

사소한 일상을
상상력의 터전으로 바꾸다

시간은 자연스럽게 흘러가는 물리적 시간 '크로노스Chronos'와 특별한 의미가 부여된 시간 '카이로스Kairos'로 구분된다. 시간이 나서 어쩔 수 없이 뭔가를 하는 사람은 누구에게나 똑같이 주어지는 크로노스의 시간을 보내는 사람이고, 시간을 내서 의도적으로 뭔가를 하는 사람은 카이로스의 시간을 보내는 사람이다.

세상은 크로노스보다 카이로스의 시간을 만들어가는 사람이 바꿔나간다. 모두가 짧다고 생각하는 10분도 누군가에게는 그냥 흘러가는 크로노스의 시간이지만 누군가에게는 특별한 의미로 다져진 카이로스의 시간이다. 사소한 일상이 비상하는 상상력의 터전이 될 수 있고, 하루 10분의 시간이 10년을 행복하게 만들 수 있다.

10분은 짧은 시간이다. 하지만 짧은 시간이라고 의미 없는 시간은 아니다. 시간의 길고 짧음이 문제가 되는 게 아니라 그 시간에 내가 어떤 의미를 부여하느냐에 따라 전적으로 다른 시간으로 기록될 것이다. 하루 10분으로 행복해지는 열 가지 전략을 여기에 소개하겠다.

하루 10분,
내가 누구인지를 질문하라

────

나는 어디로 가고 있을까? 나는 왜 이렇게 바쁠까? 나는 어떤 일을 하면 신나고 어떤 일을 하면 신나지 않은가? 나는 무엇을 달성하고 싶은가? 나는 다른 사람과 어떤 점에서 다를까? 나는 왜 여기서 이런 일을 하고 있을까? 어제는 친구와 왜 그렇게 늦게까지 술을 마셨을까?

10분만이라도 이렇게 스스로에게 질문을 던지고 생각해보자. 정말 순식간에 10분이 지나간다. 놀라운 사실은 그 10분 동안 무심코 던진 질문 중에 일생일대를 거쳐 고민해도 쉽게 답을 얻을 수 없는 게 많다는 것이다. 하지만 끊임없이 질문을 던지지 않으면 도약할 수 없다. 질문은 안주하려는 자세, 관성대로 살아가려는 습관적인 생각에 브레이크를 걸고 색다른 사유를 시작하게 만드는 원동력이다. 질문이야말로 삶의 질을 높이는 파수꾼인 셈이다.

오늘 나의 질문이 내일을 결정한다. 그러나 질문이 틀에 박히면 답도 틀에 박힐 수밖에 없다. 색다른 가능성이 잉태되지 않고 타성에 젖어 사는 이유는 틀을 깨는 질문이 없기 때문이다. 남이 던진 질문에 속박되어 살아서는 안 된다. 내 삶을 주도할 가능성은 희박해지고 남이 정해놓은 답에 휘둘리며 인생을 살아갈 수밖에 없기 때문이다. 하루 10분만이라도 10년 후 나의 모습을 생각하면서 질문하고 사색한다면 놀라운 변화가 일어날 것이다.

하루 10분이라도 책을 읽으며
차이를 만들어라

───────

자투리 시간을 활용하면 하루에도 책을 읽을 수 있는 시간은 너무 많다. 버스나 지하철을 타고 이동하는 시간, 약속 시간에 미리 가서 기다리는 시간, 한 가지 일을 끝내고 다음 일이 시작되기까지, 아침에 조금 일찍 출근해서 근무 시간이 되기 전까지, 잠들기 전 10분 등 모두 책을 읽을 수 있는 자투리 시간이다. 이런 시간을 황금 같은 시간으로 전환할 수 있다.

시간이 나면 책을 읽는 게 아니라 시간을 내야 책을 읽을 수 있다. 시간이 나면 다른 일을 하는 사람과 시간을 내서 책을 읽는 사람의 차이는 10년 후 천지차이로 드러날 것이다. 작은 실천의 성실한 반복만이 반전의 기적을 만들어낸다. 단 10분이라도 내 몸이 책을 통과하는 시간을 가져보자. 책을 통과하고 나온 몸은 이전의 몸이 아니다. 책 속에 녹아 있는 다양한 사유를 관통한 몸이며, 나를 어제와 다른 곳으로 이끌고 갈 수 있는 몸이다.

"책은 읽는 것이 아니다. 행간에 머무르고 거주하는 것이다."

발터 벤야민Walter Benjamin의 말처럼 책의 행간에 머무르고 거주해보자. 읽다가 마음을 붙잡는 문장에 완전히 몸을 묻고 저자의 심연 속으로 빠져보자. 어떻게 이런 생각을 할 수 있을까? 놀라운 생각이 담긴 한 문장의 뒤안길을 걷다 보면 10년 앞을 내다볼 사유의 샘물을 맛볼 수 있을 것이다.

하루 10분, 어제를 반성하면
놀라운 반전이 시작된다

"어제가 불행한 사람은 십중팔구 오늘도 불행하고 오늘이 불행한 사람은 십중팔구 내일도 불행합니다. 어제 저녁에 덮고 잔 이불 속에서 오늘 아침을 맞이하기 때문입니다."

신영복 교수가 《한겨레신문》에 게재한 칼럼 〈주소 없는 당신에게〉에서 한 말이다. 오늘 아침 일어나서 허겁지겁 집을 나선 이유는 어제 아무 준비 없이 비몽사몽간에 잠을 잤기 때문이다. 아침마다 지각하는 이유는 어제 하루를 준비 없이 그냥 흘려보냈기 때문이다.

하루 10분을 통제하는 사람이 다가오는 10년 앞을 상상하는 사람이다. 어제를 반성하지 않는 사람은 오늘도 반성 없이 보내고 내일도 별다른 반성 없이 비슷한 일을 반복할 것이다. 반성하는 삶이 어제와 다르게 구상하고 상상하게 만든다. 그런 차원에서 반성은 각성이기도 하다.

사람이기 때문에 무의식적으로 흘러나오는 말 한마디로 누군가에게 상처를 주기도 하고, 몸에 밴 행동으로 엉뚱한 사람에게 상처를 주기도 한다. 나는 상대를 배려했다고 생각하지만 상대는 거꾸로 배신을 당했다고 생각하는 경우도 있다. 또 나는 상대를 충분히 이해했다고 생각하지만 상대는 오해가 있다고 여긴다. 사람의 마음이 다 내 마음 같지는 않아서다.

하루에 10분만이라도 내가 만난 사람과 내가 추진한 일을 돌이켜 생각해보면서 나의 언행을 반성해보자. 혹시 상대의 입장을 무시하거나 관점을 존중해주지 않고 일방적으로 내 의견을 강요한 적은 없는지, 본의 아니게 오해를 살 여지는 없었는지 반성하는 것이다. 반성하는 시간을 가질수록 오늘 하루는 생각지도 못한 방향으로 반전된다. 오늘은 어제의 연장이고 내일의 과거로 연결되어 있기 때문이다.

10분 먼저 출근하면
10년 앞을 내다볼 수 있다

———

남보다 10분 먼저 도착하면 여유가 생기고 그날의 미팅이나 해야 할 일을 점검할 수 있다. 수업 시간에 매번 늦는 학생이 있는가 하면, 모든 수업 시간에 10분 먼저 도착해서 마음을 차분히 가라앉히고 준비하는 학생이 있다. 회사에서도 마찬가지다. 출근 시간 때마다 허겁지겁 간신히 지각을 면하거나 5분씩 매

번 늦게 도착하는 사원이 있는가 하면, 최소한 10분 먼저 도착해서 커피 한잔 마시면서 차분히 하루 일과를 준비하는 사람이 있다. 만날 때마다 지각하는 사람이 있는가 하면, 10분 먼저 도착해서 무슨 대화를 할까, 무엇을 먹을까 궁리하는 사람도 있다.

10분 먼저 준비하는 사람과 10분 늦게 도착하는 사람 사이에는 20분이라는 물리적 차이만 있는 게 아니다. 10분 먼저 도착한 사람의 생각은 10년을 내다보며 상상하지만 10분 늦게 도착해서 눈치를 보는 사람은 남의 뒤를 허겁지겁 따라가는 사람이 될 것이다. 10분의 차이는 사고의 차이이며, 상상력의 차이를 낳는다.

빠른fast 사람보다 이른early 사람이 세상을 지배한다. 빨리 가려는 사람은 경쟁 상대가 언제나 밖에 있지만 이른 사람은 경쟁 상대가 언제나 내 안에 있다. 빠른 사람은 속도를 최우선의 미덕으로 삼지만 이른 사람은 남보다 앞선 사유, 밀도 높은 생각을 최고의 미덕으로 삼는다.

남보다 빨리 가려고 노력하는 사람보다 어제보다 한 발짝 앞서가는 사람이 되도록 노력하는 하루를 만들자. 생각의 속도도 결국은 깊은 사유의 정수가 쌓여야 생기는 경쟁력이다. 생각의 속도를 높이기 위해서는 밀도 있게 생각하는 시간이 필요하다. 10분 먼저 출근해서 생각하는 여유가 생각의 밀도를 낳는 원동력임을 잊지 말자.

10분의 산책으로
놀라운 영감을 얻는다

———

일상은 시상이 솟구치는 상상력의 텃밭이다. 영화 〈패터슨〉을 보고 깨달은 문장이다.

이 영화의 주인공은 미국 뉴저지주 작은 소도시 패터슨에서 버스 기사를 하는 '패터슨'이다. 그는 매일 반복되는 하루를 보낸다. 매일 아침 6시쯤 기계적으로 일어나 시리얼로 간단히 요기를 하고 출근을 한다. 고정된 버스 노선을 따라 정해진 시간 동안 운행을 한 후 집으로 돌아온 그는 아내 로라가 준비한 저녁을 먹는다. 그러고는 마빈이라는 개와 산책을 하고, 단골 바에서 맥주 한 잔을 마시며, 저마다의 꿈을 지닌 동네 사람들과 대화를 나누면서 피로를 푼다.

여느 버스 기사와 비슷한 일과를 보내지만 다른 점은 버스를 운행하기 전 운전석에서, 잠들기 전 자신의 집 지하 서재에서 그는 하루 동안 얻은 시상을 비밀 노트에 적는다. 직장인에

게는 지루한 일과지만 시적 영감을 찾는 그에게는 하루 일과
가 경이로운 기적이다. 경이로운 기적은 거창한 계획이나 성취
에서 나오지 않고 다른 눈과 생각으로 바라보는 일상에서 발
견된다.

산책을 권유하는 이유는 많은 사람들과 엮이면서 보낸 시
끄러운 하루를 조용히 사색하면서 보낼 수 있기 때문이다. 산
책하는 시간은 자신과 대화하는 시간이다. 누구의 간섭도 받
지 않고 걷고 있는 자신을 주변의 자연 풍경 속에 집어넣는 작
업이기도 하다. 책에서 본 한 구절을 떠올려 곱씹어보기도 한
다. 하루 10분간의 산책으로 골머리를 앓고 있는 문제를 해결
하는 열 가지 묘책도 얻을 수 있다.

하루 10분, 추상명사를 동사로
바꾸는 방법을 고민하라

사랑은 추상명사다. 무엇이 사랑인지 궁금하다면 사랑이라는
이름으로 이루어지는 모든 동작을 생각해보길 바란다. 가령
다리를 절룩거리며 걷는 한 사람을 발견했다고 하자. 평소와
다르게 걷고 있어서 이유를 물어보니 발목 인대가 늘어났다고

한다. 내가 그 사람을 위해 할 수 있는 일은 가방을 대신 들어주거나 기댈 수 있게 몸을 부축해주는 것이다. 필요하면 대중교통을 이용할 때 승하차 과정을 도와줄 수도 있다.

이처럼 사랑이라는 추상명사를 구체적으로 실천하는 방법은 지금 여기서 내가 할 수 있는 일을 누군가를 위해서 행동으로 옮기는 것이다. 실천을 하면 사랑이라는 추상명사는 보통명사로 다가온다. 더 나아가 동사로 바꿀 수도 있다.

열정이라는 추상명사도 같은 맥락에서 생각해보자. 열정적으로 살아가는 방법을 머릿속으로만 생각하지 말고 당장 지금부터 실천에 옮기면 된다. 바빠서 포기했던 일을 다시 불러내서 발동을 걸어본다. 포기했던 운동도 다시 시작한다. 열정은 머리나 심장에서 발원되지 않고 건강한 몸에서 나온다. 몸이 부실하면 열정이든 사랑이든 다 식어버린다. 그 몸이 목표를 지향할 때 열정은 뜨겁게 타오르기 시작한다.

추상명사가 관념으로 머릿속에 들어 있을 때와 일상으로 내려와 실천될 때의 차이가 바로 행복과 불행의 차이가 아닐까. 행복한 삶은 세상의 모든 추상명사를 동사로 바꿔 실천하는 사람만이 성취할 수 있다.

———

내 연락처에는 약 13,000명의 이름이 가나다순으로 저장되어 있다. 가끔 가나다순으로 정리되어 있는 이름을 스크롤로 내려본다. 대부분의 이름이 친숙하지 않다. 어디선가 한 번 들어본 이름 같기는 한데 언제 어디서 만났는지 기억이 나질 않는다. 그럼 왜 내 연락처에 있을까?

영국 옥스퍼드대학교 교수인 인류학자 로빈 던바Robin Dunbar가 개발한 '던바의 수Dunbar's number'라는 게 있다. "인간에게 적정한 친구 숫자는 150명 정도"라는 인간관계 구축의 한계 숫자다. 던바 교수에 따르면, 소셜 미디어 친구가 1,000명이 넘어도 정기적으로 연락하는 사람은 150명 정도에 불과한데, 그중에서도 매우 친한 관계는 15명 정도, 자주 연락할 정도로 친한 관계는 50명 내외다.

새로운 인맥을 구축하는 것도 중요하지만 기존에 맺은 인간관계 속에서 언제라도 부르면 달려올 인생의 절친을 만들어나가는 노력이 더 소중하다. 만약 내가 생의 마지막 순간을 맞이했을 때 와줄 수 있는 사람은 누구일까? 내 인생의 친구 50명 내외를 머리에 떠올려본다. 내가 생각한 그들이 과연 내 장

례식에 찾아와 울어줄까?

내가 만났던 사람과 나와의 거리는 어느 정도일까? 문화인류학자 에드워드 홀Edward Hall이 《숨겨진 차원》에서 이야기하는 아주 친밀하고 개인적인 거리일까, 아니면 거리가 좀 떨어진 사회적이고 공적인 거리일까? 사회적이고 공적인 거리에 있는 사람이 친밀하고 개인적인 거리에 있다고 착각할 때 나는 어떻게 대응할까? 인간적 거리를 잘 유지하면서 관계를 맺어가는 지혜를 하루에 10분만이라도 생각해보자.

하루 10분씩 가슴에 간직한
한 단어를 떠올려라

미국의 철학자 리처드 로티Richard Rorty는 《우연성 아이러니 연대성》○○이라는 책에서 '마지막 단어final vocabulary'라는 개념을 창안했다. 마지막 단어는 자신의 행동과 신념, 그리고 삶을 정당화하는 데 필요한 단어다. 개인 혹은 집단이 딜레마에 빠졌을 때나 결연하게 결단해야 할 때 의사결정을 내리는 데 최후

○   에드워드 홀, 《숨겨진 차원》, 최효선 옮김(한길사, 2013).
○○   리처드 로티, 《우연성 아이러니 연대성》, 김동식 외 옮김(민음사, 1996).

까지 의지하는 '신념어'다. 보통은 우리의 의식 아래 있다가 삶이 흔들릴 때 표면 위로 솟아올라 죽음과도 맞바꿀 수 있는 결연함을 가진 단어다.

저마다 가슴에 간직한 한 가지 단어, 죽음과도 맞바꿀 수 있을 만큼 내 삶을 이끌어가는 견인차 같은 단어가 있을 것이다. 이 단어는 지금 여기서의 삶에서 머무르지 않고 보다 소중하고 숭고한 삶을 추구하며, 자기를 넘어 공동체로 연결되는 삶을 꿈꾸게 만든다.

나에게 마지막 단어는 '도전'이다. 미지의 세계로 향하는 호기심의 발로이자 나를 살아 있게 만드는 원동력이며, 능력을 확장하고 심화시키는 '카니발' 같은 단어다. 리처드 로티가 말하는 마지막 단어가 아닐지라도 내 삶을 뜨겁게 달구는 어떤 단어라도 좋다. 하루에 10분만이라도 떠오르는 단어를 써본 다음, 그로 인한 삶의 흔적을 되짚어보고, 그것이 가진 새로운 가능성을 숙고해보자. 그저 그런 하루가 풍부한 생각으로 넘칠 것이다.

단어와 연상되는 경험의 폭과 깊이를 심화 또는 확장하지 않으면 나의 사상적 깊이와 넓이도 거기서 멈출 것이다. 단어에 담긴 사유의 무게가 바로 내 삶의 무게임을 기억하자.

역지사지易地思之는 입장 바꿔 생각해보라는 말이다. 나의 직업은 대학교수다. 그런데 학생의 입장이 되어 생각해보지 않으면 그들이 무엇을 원하는지, 어떤 내용을 더 배우고 싶은지 알 수 없다. 그들 입장이 되어 생각해보지 않으면 입사 시험에 번번이 떨어지는 그들의 좌절을 들여다볼 수도 없고, 어떤 수업으로 그들의 갈망을 충족시켜줄 수 있을까 연구하지도 않을 것이다.

정치가는 늘 국민이 원하는 정치를 해야 한다고 입버릇처럼 이야기하지만 실제 현실 정치는 국민의 염원과 거리가 멀다고들 한다. 기업은 고객 입장에서 생각하고 행동해야 한다고 늘 강조한다. 하지만 실제로 고객의 입장보다는 이익 추구에 혈안이 된 기업이 부지기수다.

다른 사람 입장을 가슴으로 생각하는 측은지심惻隱之心 역시 쉽지 않은 마음 씀씀이다. 쇼핑을 마치고 집에 가면서 주차장에 버려놓은 카트를 끌어다 마트 입구에 다시 가지런히 정리하는 사람이 있다. 나는 버려두고 갔지만 누군가는 그걸 다시 끌어다 정리해놓는 것이다. 지금 내가 경험하는 편리함은 누군가 나 대신 불편함과 복잡함을 경험한 덕분이라고 생각하는 사람과 그렇지 않은 사람은 마음 씀씀이가 하늘과 땅 차이다. 세상을 변화시키는 발명품이나 고객의 마음을 훔치는 히트 상품은 모두 다른 사람이 겪는 아픔을 가슴으로 느낀 사람이 그 아픔을 치유하기 위해 다양한 시도를 거듭하면서 만들어낸 산물이다.

하루에 10분만이라도 내가 경험하는 모든 편리함이 누구 덕분인지 떠올려보고, 보이지 않는 곳에서 내 행복에 관여하는 사람을 생각해보자. 이러한 역지사지와 측은지심의 마음을 간직한다면 나도 언젠가는 세상을 바꾸는 혁명적인 생각의 씨앗을 발아시킬 수 있을 것이다.

하루 10분,
버킷 리스트를 기록하라

버킷 리스트에 거창한 도전 목록이 들어가야 하는 것은 아니다. 일상에서 쉽게 도전할 수 있는 과제도 포함된다. 예를 들면 30분 일찍 출근해서 책 읽기, 하루에 시 한 편 읽기, 일주일에 3회 이상 운동하기, 일주일에 두 번 이상 부모님에게 전화하기,

일주일에 한 번 소원해진 친구 한 명 소환해서 전화하기, 좋지 않은 일로 인연이 끊긴 사람과 화해하고 다시 관계 이어가기, 하루에 한 번 동료들에게 고맙다고 인사하기, 하루에 세 가지 이상 감사한 일 기록하기 등이 그런 일이다.

버킷 리스트는 채우고 싶은 욕망 리스트이기도 하지만 버리거나 정리하고 싶은 결단의 리스트이기도 하다. 하던 일을 멈추거나 그만두는 용기는 새롭게 시작하는 용기만큼 어렵다. 자주 마시던 술을 줄이거나 스마트폰 이용 시간, 험담하고 화내는 시간을 줄이는 것도 엄청난 자제력을 필요로 한다. 부정적인 언어를 사용하는 횟수를 줄이자고 마음먹을 수도 있다. 말에 담긴 부정 담론이 긍정 심리로 전환된다면 이제껏 보지 못했던 가능성의 문이 열린다.

나는 1년에 한 번은 쉽게 도전하기 어려운 버킷 리스트를 만들어 1년을 설레는 마음으로 보낸다. 작년에는 뚜르 드 몽블랑 트래킹을 다녀왔고, 올해는 유럽의 최고봉 엘브루즈 정상 등반을 계획했으나 코로나19로 취소했다.

꿈꾸고 도전하고 싶은 버킷 리스트가 있다면 하루 10분만이라도 떠올려보자. 생각만 해도 심장이 뛸 것이다. 우리의 힘든 삶을 버티게 해주는 동력이 바로 버킷 리스트다.

삶은 거대한
하나의 텍스트다

내 삶을 문장으로 만드는 작업은 참 매력적이다. 그래서 글짓기에 앞서 필요한 것이 살아가기다. 글짓기는 머릿속 생각을 언어로 번역하고 문장으로 건축하는 집짓기와 같다. 하지만 그 집에 혼자 살기보다 독자를 초대해서 함께 음식을 나눠 먹고 따끈한 차를 나눠 마실 수 있어야 한다. 결국 글짓기는 세상을 향한 것이다. 그만큼 진실해야 하고 안간힘을 써야 한다.

우리는 글을 쓰면서 하루를 반성하고 스스로를 꾸짖기도 한다. 글짓기는 또한 내면의 아픔을 토해내는 울부짖기다. 울부짖는다고 아픔이 다 해소되지는 않지만 적어도 아픔을 감당하는 내공은 깊어진다.

글짓기를 하려면 억지로 사는 삶과 작별하고 어제와 다르게 살기 위해 용감하게 걸음을 내디뎌야 한다. 때로는 시행착오도 있고, 애간장이 녹기도 할 것이다. 애쓰면서 살아가는 일상에서 쏟아내고 싶은 울음, 그것이 영감이고 글감이다.

늘 반복되는 하루 같지만 폴란드 여성 시인 비스와바 쉼보르스카Wisława Szymborska는 〈두 번은 없다〉는 시에서 이렇게 말한다.

"반복되는 하루는 단 한 번도 없다. 두 번의 똑같은 밤도 없고, 두 번의 한결같은 입맞춤도 없고, 두 번의 동일한 눈빛도 없다."

그렇다. 두 번은 없다! 반복되는 하루라도 내게는 특별한 의미가 있고, 유일한 하루다. 《맹자孟子》에도 '좌우봉원左右逢源'이라는 사자성어가 있다. 맞닥뜨린 모든 사건과 현상들이 내게는 스승이 되고 수양의 원천이 된다는 말이다. 그런 차원에서 일상은 상상력이 샘솟는 글짓기의 텃밭이다.

"책은 우주다. 세계는 책이다. 우주만물은 하나하나가 열려진 텍스트다. 거기에 적힌 의미의 정수를 빨아들일 수 있는 사람은 훌륭한 독서가다."

　정민의 《죽비소리》에 나오는 말이다. 책에는 우주와 세계가 들어 있으며 일상에서 느끼는 감정이 녹아 있다. 책은 작가가 온몸으로 느끼고 깨달은 남다른 생각을 글로 써서 묶은 한 편의 파노라마다.

　작가는 책 속에서 다시 태어나기를 반복한다. 사라지지 않기 위해 살아내려고 안간힘을 쓰는 가운데 수없이 죽고 다시 태어나며 써낸 책이기 때문이다.

　작가가 안간힘을 쓰며 살아온 삶에 담긴 사연을 씨줄과 날줄로 엮으면 스토리story가 된다. 그 스토리가 시간과 더불어 축적되면 그만의 히스토리history가 되며, 그 히스토리 속에서 나만의 방식way을 찾을 수 있다. 모든 스토리는 지금 여기서 작가가 만나는 사람과 시간과 공간의 합작품이다. 스토리는 진공관에서 만들어지지 않는다. 저마다의 스토리는 살아내려고 안간힘을 쓰는 삶의 현장에서 태어난다.

　"시의 밑바닥에는 인생이 있어야 해요. 아, 이게 인생이구나,

○　정민, 《죽비소리》(마음산책, 2005), p.45.

하구 느껴지면 제대로 씌어진 시예요. 그렇지 않으면 쓸데없는 일을 한 거예요."°

이성복 시인의 《무한화서》에 나오는 말이다. 맞는 말이다. 주의 깊게 주변을 살펴보면 일상은 글감이 잠들어 있는 영감의 텃밭이다. 삶은 거대한 하나의 텍스트다. 아무리 읽어내도 끝을 알 수 없는 지혜의 보고다. 이제 삶을 읽어내고 삶을 쓰는 작문作文의 길로 여행을 떠나보자.

감탄하는
세상이 펼쳐진다

우리가 살아가는 모든 순간은 영원히 되돌릴 수 없는 시간의 흐름 속에 있다. 그렇게 따지면 아침에 일어날 수 있어서 감사하고, 풍성한 식탁은 아니지만 하루에 세끼 밥을 먹을 수 있어서 감사하다. 아직은 걸어 다닐 수 있어서 감사하고, 아직은 두 눈으로 세상의 경이로운 기적을 볼 수 있어서 감사하고, 두 발

○ 이성복, 《무한화서》(문학과지성사, 2015), p.81.

로 내가 가고 싶은 곳에 갈 수 있어서 감사하다.

매사를 '덕분에' 잘되었다고 생각하자. 책상에 앉아서 글을 쓸 수 있는 것도 누군가가 노트북을 개발해준 덕분이고, 책과 의자를 누군가 만들어준 덕분에 이렇게 앉아서 편안하게 생각의 향연을 펼칠 수 있다.

덕분에 살아간다고 생각하면 감사할 일은 끝도 없이 이어진다. 오늘도 봄부터 파종을 하고 한여름의 폭염을 이겨내고 가을에 땀 흘려 추수하는 농부 덕분에 따뜻한 밥을 먹을 수 있음에 무한 감사를 드린다.

배고픔을 해결하는 음식과 다르게 '뇌 고픔'을 해결할 수 있는 책들도 감사하다. 그 안에 담긴 지식 덕분에 나의 생각도 나날이 발전할 수 있는 것이다. 오늘도 나는 누군가의 힘든 사투 덕분에 풍요로움과 편안함을 즐기고 있다.

매일 뜻깊은
순간을 떠올린다

────

일상은 감사할 일도 넘쳐나지만 매 순간이 기적이다. 앙드레 지드는 《지상의 양식》에서 '자두 하나를 보고도 감탄하는 사람'을 시인이라고 하지 않았던가.《예기禮記》곡례상曲禮上에 '무불경毋不敬'이라는 말이 나온다. 우주와 자연 삼라만상을 항상 존경하라는 말이다.

모두가 저마다의 존재 이유와 가치를 갖고 살아간다. 생명체든 비생명체든 다 거기에 있는 이유가 있고 살아가는 방식이 있다. 매일 보고 마주치는 작은 생명체나 사물이지만 어제와 다른 눈으로 바라볼 때 그들은 모두 글감을 자극하는 영감의 원천이 될 수 있다. 익숙한 현상이나 사물을 어제와 다른 눈으로 바라보는 한 가지 방법은 입장을 바꿔 그들의 편에 서서 생각해보는 것이다.

역지사지와 물아일체의 눈으로 바라볼 때 그들의 소리가 들리기 시작한다. 길가의 나무는 지나다니는 사람들을 보며 무슨 생각을 할까? 매일 내 몸을 떠받들고 편안하게 해주는 의자는 얼마나 힘이 들까? 길가의 나무나 사무실의 의자가 하는 소리에 귀를 기울이다 보면 한 편의 시가 탄생할 수도 있다. 평범한 사물이나 현상이지만 거기에 자유로운 생각의 날개를 달아보면 갑자기 색다른 글감이 나를 엄습할 것이다.

생각의 출구를
찾는다

———————

색다른 생각이 떠오르지 않을 때는 누군가의 명언이나 책 속 문장을 내가 말하고 싶은 방식대로 바꿔 써보면 막혔던 생각의 출구가 활짝 열린다. 전두엽에 환한 불이 켜지는 것이다.

"훌륭한 예술가는 가까운 곳에서 베끼고 위대한 예술가는 멀리서 훔친다.(Good artists copy. Great artists steal.)"

피카소의 말이다. 백지 위에서 참신한 생각을 찾는다고 허송세월하기보다 이미 있는 의미심장한 명언이나 문장으로 출구를 찾아가는 게 유익할 때가 있다. 나의 아이디어를 추가해서 완전히 다른 문장을 탄생시킬 수도 있다.

"무지라고 하는 것은 단순히 지식의 결여를 가리키는 말이 아닙니다. '알고 싶지 않다'라는 마음가짐을 갖고 한결같이 노력해온 결과가 바로 무지입니다. 무지는 '나태의 결과'가 아니라 '근면의 성과'입니다."

우치다 타츠루內田樹의 《푸코, 바르트, 레비스트로스, 라캉 쉽게 읽기》에 나오는 말이다. 이 말을 독서에 대입해서 다르게 바꿔 쓰면 재미있는 문장이 탄생된다.

"'책을 읽고 싶지 않다'라고 말하는 것은 단순히 의지의 결핍을 가리키는 말이 아닙니다. '읽고 싶지 않다'라는 마음가짐을 갖고 한결같이 노력해온 결과가 바로 지금 상태입니다. 책을 읽지 않는 습관은 '나태의 결과'가 아니라 '근면의 성과'입니다."

책을 읽지 않게 된 것은 나태함보다 읽지 않기 위해 부단히 노력해온 근면의 성과라는 새로운 통찰력을 문장 바꿔 쓰기를 통해서 배우는 것이다.

귀를 기울이지 않으면
삶도 기울어진다

————

우발적 마주침이 깨우침을 준다. 길을 지나가다 보면 생각을 잠시 멈추게 만드는 간판들이 있다. 이태리면사무소? 아! 이탈

○ 우치다 타츠루, 《푸코, 바르트, 레비스트로스, 라캉 쉽게 읽기》, 이경덕 옮김(갈라파고스, 2010), p.7.

리안 음식 전문점이다. 면만 전문적으로 파는 가게라는 뜻이다. 혼탕카페. 폐업한 목욕탕을 카페로 바꿔서 '목욕합니다' '커피합니다'라고 입간판을 써 붙여 고객을 유혹한다. 홍대 고깃집 중에 '육肉갑하네'라는 가게가 있다. 고기 육肉 자를 집어넣어 만든 재치 만점 음식점 이름이다. '닭치거라'는 치킨집 이름이다. '그놈이라면'은 라면집이고, '분식회계전문'은 분식집 이름이다. 일상 언어를 패러디하거나 살짝 바꿔치기해서 비슷한 의미나 발음을 연상시켜 웃음짓게 하는 간판들이다.

이런 간판에 담긴 촌철살인의 지혜를 생각해보는 짧은 글을 쓸 수도 있고, 사람의 마음을 사로잡는 짧은 카피를 뽑아낼 수 있다. 사람의 시선을 순간적으로 사로잡는 것 중에 광고 카피를 빼놓을 수 없다. 어느 목욕탕 간판에 있는 "사람은 다 때가 있는 법이다"라는 카피. 보자마자 웃음이 나오지만 이 또한 지혜가 담긴 말이다. 몸에 붙은 더러운 때를 순간이나 시간을 의미하는 '때'로 바꿔 쓰면 전혀 다른 뜻이 된다. 누구나 재능의 꽃이 피는 때가 온다. 그때를 위해 지금 부지런히 실력을 연마하자는 뜻으로 바꿔 쓰면 똑같은 때가 전혀 다른 의미로 다가온다. 늘 접하는 간판이나 광고 카피라도 눈여겨보거나 어떤 메시지를 던져주려고 하는지 귀를 기울여보면 생각지도 못한 깨우침을 얻을 수 있다.

꼭 책을 통하지 않더라도 우리는 일상에서 수많은 읽을거리를 만날 수 있다. 한여름의 녹음으로 축적한 에너지를 잃어버리고 힘없이 나뭇가지에서 떨어지는 낙엽을 보며 지나간 시간을 그려본다. 마지막 남은 에너지를 불태우듯 단풍으로 세상을 뜨겁게 달구다 자신을 붙잡고 있던 가지에서 떨어져 정처 없이 떠도는 나뭇잎의 일생을 우리 인생과 비교하는 것은 지나친 비약일까?

'계단'을 사진으로 찍은 뒤에도 잠시 생각해본다. 계단에는 단계적으로 올라가라는 의미가 담겨 있다. 계단을 뒤집으면 단계가 되니까. 생일을 맞은 아이의 천진난만한 웃음을 사진으로 포착한 뒤, 생일의 진정한 의미가 무엇일지를 생각해본다. 생일을 뒤집어보니 일생이다. 일생일대 가장 잊을 수 없는 행복한 하루를 보내라는 의미가 아닐까?

이렇듯 우리가 살아가면서 직면하는 여러 가지 사건들에 관심을 가지고 본질을 포착하는 일은 신선한 자극으로 일상을 환기시키고 큰 깨우침을 준다.

숲속에 들어가 줄기차게 자라는 나무줄기들을 사진으로

찍은 다음 안도현 시인의 〈간격〉이라는 시를 떠올려본다. 적당한 거리를 유지하는 나무줄기라야 줄기차게 자랄 수 있다는 깨달음을 불현듯 얻게 된다. 그 찰나의 포착을 흘려보내지 않기 위해 서둘러 글로 옮겨 적곤 하는데, 이 또한 어느덧 즐거운 경지에 이르렀다.

만남으로 얻은
깨우침을 담아낸다

내가 만나는 사람은 오늘의 내가 되는 데 큰 도움을 준 은인일 수도 있고, 깊은 상처를 준 만나기 싫은 사람일 수도 있다. 은혜를 입은 사람에게는 미덕을 배우고 상처를 준 사람에게는 반면교사의 교훈을 얻는다. 내가 살아오면서 축적한 내 생각, 내 경험이라는 것도 다른 사람과 결부되지 않은 것이 있을까.

지난 일주일을 생각해보자. 오며 가며 만난 사람을 떠올려보기도 하고, 가까운 동료나 선후배와의 만남 속에서 내가 깨달은 점이 무엇인지를 생각해본다. 짧은 만남이지만 깊은 인상을 받는 경우도 있고, 긴 만남이지만 피곤한 만남일 수도 있다. 다양한 사람과의 만남 속에서 나는 지난 일주일을 보낸 것이고, 그 일주일 속에서 나는 이전과 다른 생각과 경험을 쌓아나가며 또 다른 나로 변신을 거듭해나간다.

글이라는 것도 결국 다른 사람과의 만남 속에서 태어난다. 내 생각과 경험, 언어도 사람과의 만남 속에서 나도 모르게 내 몸 안으로 들어와 주인 행세를 하는 매개체들이다. 그 매개체들이 나로 하여금 어제와 다른 생각을 품게 하고 사유의 흔적을 남긴다. 글은 이 사유의 흔적을 언어로 지은 결과물이다.

쓸 만한 삶은 못 살았어도
쓸 말은 있다

"숙고하는 것이 손전등이라면 행동하는 것은 전조등이다. 행동의 빛은 보이지 않는 세상을 훨씬 더 멀리까지 비춘다. 그러므로 흥미롭고 새로운 장소로 나아가려면 고민의 손전등을 꺼야 한다."○

롤프 도벨리Rolf Dobelli의 《불행 피하기 기술》에 나오는 말이다. 실행하지 않고 숙고만 거듭한다면 가까운 주변만 비추는 손전등에 불과하다. 반면에 직접 현장에 나가서 왜 그런지 질

○ 롤프 도벨리, 《불행 피하기 기술》, 유영미 옮김(인플루엔셜, 2018), p.270.

문을 던지면서 얻는 깨달음은 멀리 비추는 전조등과 같다. 손전등으로 비출 수 있는 범위는 한계가 있다. 그 한계를 극복하는 방법은 숙고를 그만두고 과감하게 저질러보는 것이다.

"책상에서는 한 가지이지만 실제로 일해 보면 열 가지도 넘는다."

신영복 교수의 《강의》에 나오는 말이다. 직접 해보지 않으면 알 수 없는 것이다. 책상에 앉아서 아무리 머리를 써봐도 뚜렷한 해결 대안이 떠오르지 않을 때는 손발을 움직여 실천해보면 된다. 전조등처럼 멀리까지 비출 수 있는 다양한 아이디어가 떠오를 것이다. 실천하지 않으면 내 생각이 맞고 틀린지도 알 수 없다.

위기의 시대를 넘어설 단 하나의 결단은, 안전지대를 벗어나 새로운 운명을 창조하는 위험한 길로 들어서는 것이다. 상황이 더 좋아지기를 기다리다 기회를 상실할 수 있고, 너무 오랫동안 생각만 하다가 잘못된 결론에 이를 수 있다. 완벽한 때를 기다리다 오히려 몸에 때만 끼는 법이다.

○ 신영복, 《강의》(돌베개, 2004), p.183.

우리는 시작하지 않고 시작하는 방법을 계속 연구한다. 시작하지 못하는 이유는 시작하는 방법만 책상에서 연구하기 때문이다. 니체의 말처럼 모든 것의 시작은 위험하다. 시작조차 시도하지 않고 고민하는 사람이 얻을 수 있는 건 두통뿐이다. 두통을 치유하는 방법은 몸을 움직여 땀을 흘리는 것이다. 행동하고 실천하면 머릿속 고민은 생각보다 쉽게 해결된다.

진짜 생각은
몸이 하는 것이다

———

위험을 무릅쓰고 직접 경험해보지 않고서는 지혜를 얻을 수 없다. 일본철도 광고 중에 "모험이 부족하면 좋은 어른이 될 수 없어."라는 게 있었다. 책상에 앉아서는 인생의 참맛을 느낄 수 없고 세상을 살아가는 지혜를 터득할 수 없다는 말이다. 체험은 머리로 배우기보다 몸으로 익히는 과정이다. 머리로 배우기만 하고 몸으로 익히는 활동을 하지 않으면 머릿속에 야적된 지식은 모래알처럼 파편화된다.

진짜 생각은 몸이 한다. 일하는 현장에서 일하는 사람의 생각이 생긴다. 책상에 앉아서 얻어낸 생각은 노동을 통해 몸에 각인되는 생각보다 건강하지 못하다. 학자의 생각도, 글 쓰는 작가의 생각도 결국에는 몸이 만들어내는 것이어야 한다.

지금 우리 교육의 가장 심각한 문제는 배움을 지나치게 강조한 나머지 실제 현장에서 일어나는 경험적 사고를 간과하거나 무시하는 데 있다. 이론적인 앎을 현장과 격리시켜 가르치는 지금의 교육 패러다임은 전면적인 해체 위기에 처해 있다. 현장과 무관한 생각은 쓸모가 없다. 몸으로 체험하면서 가슴으로 느끼고 머리로 정리하는 과정에서 진짜 생각이 생긴다.

"우리 섬의 어른들은, 비록 오늬죽의 맛에 날카롭지는 못했어도, 소금 그 자체의 맛에는 너나없이 귀신들이었다. 소금 한 알갱이를 입에 넣으면, 섬의 동쪽 염전 소금인지 서쪽 염전 소금인지, 초여름 소금인지 늦가을 소금인지, 어김없이 알아맞혔다."

황현산의 《밤이 선생이다》에 나오는 말이다. 소금 맛을 보고 소금의 원산지나 출하 시기를 정확하게 맞힐 수 있는 능력은 이론적으로 가르칠 수 없다. 소금 맛을 감별하기 위해서는

○   황현산, 《밤이 선생이다》(난다, 2013), p.251.

현장에서의 오랜 시간이 필요하다. 그 미묘한 맛의 차이를 감별할 수 있는 능력을 몸에 각인시키는 것이다. 체험적 지혜는 오로지 몸으로 익혀 깨닫는 수밖에 없다.

"한 여인의 천사가 되어 사랑을 지키는 것이 어떤 건지 넌 몰라. 그 사랑은 어떤 역경도, 암조차 이겨내지. 죽어가는 아내의 손을 꼭 잡고 두 달이나 병상을 지킬 땐 더 이상 환자 면회 시간 따위는 의미가 없어져. 진정한 상실감이 어떤 건지 넌 몰라. 타인을 너 자신보다 더 사랑할 때 느낄 수 있는 거니까. 누굴 그렇게 사랑한 적 없지?"

영화 〈굿 윌 헌팅〉에 나오는 대사다. 사랑학 개론 책을 아무리 읽어도 내가 꿈에 그리던 사람이 나타났을 때의 느낌을 언어로 다 표현할 수는 없다. 그렇게 사랑하던 사람과 이별하는 순간이 다가왔을 때 느끼는 상실감과 당혹감도 겪어보지 않고서는 말할 수 없다.

체험하지 않고서는
공감할 수 없다

―――――

내가 직접 체험해보지 않고서는 타자의 아픔에 공감할 수 없다. 공감 능력은 책상에서 배울 수 없다. 오로지 몸으로 체험해봐야 얻을 수 있다.

흔히 역지사지를 책상에서 배울 수 있다고 생각한다. 교통경찰은 열십+ 자를 보면 사거리라고 생각하지만 산부인과 의사는 배꼽으로 생각한다. 약사는 녹십자라고 생각하고 목사는 십자가라고 생각한다. 저마다 체험해본 범주 내에서 사물이나 현상을 생각한다. 그런데 산부인과 의사가 과연 열십 자를 보고 교통경찰처럼 사거리로 생각할 수 있을까? 역지사지가 말처럼 쉽지는 않다.

"한 사람의 경험 속에는 이해할 수 없고 가 닿을 수 없는 익명인 채로 남아 있는 감정이 때때로 있습니다. 그 사람은 자신이 실제로 그 순간에 어떤 느낌인지, 무엇을 필요로 하는지 모릅니다."

○   데이비드 리코, 《나는 왜 이 사랑을 하는가》, 윤미연 옮김(위고, 2014), p.72.

데이비드 리코David Richo의 《나는 왜 이 사랑을 하는가》에 나오는 말이다. 저마다의 상황에서 몸으로 느끼는 감정을 일반화시킬 수는 없다. 모두가 주관적인 체험이고 고유함을 가진 특수한 자각이다.

"자아를 규정하는 것은 고통과 감각이다. 당신이 느낄 수 없는 것은 당신이 아니다. 느껴지지 않는 것은 선뜻 돌봐줄 수가 없다."

리베카 솔닛Rebecca Solnit의 《멀고도 가까운》에 나오는 말이다. 고통을 통해 느껴지지 않으면 나는 생각하지 않는다. 고통으로 느낌이 와야 비로소 나는 그 아픔에 대해 생각하기 시작한다. 자신의 고통에 대해서도 직접 몸으로 느껴지지 않으면 신경 쓰지 않는데 하물며 타자의 고통은 어떨까?

고통을 체험해보지 않고서는 고통을 겪고 있는 사람들의 고뇌와 아픔에 대해서 공감하기도 어려울 뿐만 아니라 그들의 언어를 이해하기도 어렵다. 교육의 핵심은 타자의 아픔을 사랑하는 능력, 그 아픔이 나와 무관하지 않음을 몸으로 느끼는 능

○ 리베카 솔닛, 《멀고도 가까운》, 김현우 옮김(반비, 2016), p.153.

력을 육성하는 데 있다. 하지만 우리 교육은 지나치게 책상머리 공부를 통해 지능을 연마하고 지식을 축적하는 데만 관심을 쏟아부어 왔다. 교육 패러다임으로 인해 앎과 삶이 이분법적으로 분리되었다. 진짜 공부는 앎과 삶이 분리되지 않는다. 또 사유가 먼저 있고 나중에 행동을 배우는 것이 아니라 오히려 그 반대다.

"사유가 먼저 있고, 그 도달한 사유에 맞춰 거꾸로 체험을 구성할 경우 작품은 파탄을 면치 못한다. 사유로부터 경험이 도출되는 것은 마치 몸에 옷을 맞추지 않고 옷에 몸을 맞춘 것처럼 어색하다. 몸에 옷을 맞추어야 하는 것이 당연한 규범이듯, 경험에 사유가 뒤쫓아가 그 경험을 완전하게 만들어야 하는 것이 예술적 창조의 원리다."

김상욱이 쓴《다시 쓰는 문학에세이》에 있는 말이다.

○ 김상욱, 《다시 쓰는 문학에세이》, (상상의힘, 2014), p.228.

위험하지 않으면
위대한 결실도 없다

———

관념적 사유를 강조하는 교육은 관념적 지식인을 양성할 수 있다. 하지만 몸으로 느끼지 못하는 교육으로는 불확실한 환경에 적응할 능력을 길러낼 수 없다. 경지에 다다른 사람이 보유한 지식은 무수한 시행착오 끝에 온몸으로 깨달은 체험적 지혜다. 책상에 앉아서 머리로만 공부하는 사람이 쌓은 지식에는 신념과 열정과 용기가 없다. 책상에서 책으로 보는 것과 직접 내 발로 가보는 체험에는 차이가 있다. 가보는 것과 보는 것은 한 글자 차이지만 그 사이에는 건널 수 없는 인식과 통찰의 강물이 흐르고 있다.

머리로 결정하지 말고 발바닥이 향하는 곳으로 과감히 떠나보자. 머리로 계산할수록 의사 결정은 어려워지고 대안 모색은 지체되기 쉽다. 운명과 문명, 그리고 혁명을 불러오고 싶다면 위험한 결단과 과감한 실천만이 살길이다. 위험하지 않으면 위대한 결실도 없다.

"그대는 위대함으로 통하는 그대의 길을 간다. 몰래 그대의 뒤를 따르는 자는 그 누구도 없어야 한다. 그대의 발로써 그

대가 걸어온 길을 지워버렸고, 그 길 위에는 불가능이라고 쓰여 있다."°

위험하게 살라고 외친 니체는 《차라투스트라는 이렇게 말했다》에서 이렇게 말했다. 하지만 우리 교육은 아이들을 너무 안전한 곳에서, 현실과 유리된 창백한 교실에서 양육해왔다. 부모는 아이들을 극진한 보호막 속에서 지나치게 간섭하고 지시하며 통제해왔다. "편안함이 끝나고 궁핍이 시작될 때 인생의 가르침이 시작된다."라는 헤르만 헤세의 말을 되새겨볼 필요가 있다.

스스로 추진할 것이 없는 아이들에게 교육은 독립적 사유를 길러주는 각성제가 아니라 한순간 고통에서 벗어나게 하는 진통제에 불과하다. 거듭 말하지만, 체험적 지혜는 지식의 축적으로 생기지 않는다. 위험한 도전을 감행하고 시행착오 끝에 몸으로 혜안을 얻을 때 미래를 내다볼 수 있다.

"몸으로 체득했기에 그것이 밑바닥 진실이며 마지막 진실이다."°°

○   프리드리히 니체, 《차라투스트라는 이렇게 말했다》, 정동호 옮김(책세상, 2000).
○○   황현산, 《밤이 선생이다》(난다, 2013), p.200.

황현산의 《밤이 선생이다》에 나오는 말이다. 밑바닥 진실, 마지막 진실은 몸으로 체득하는 수밖에 없다. 몸이 동반되지 않는 관념적 공부는 진심을 담아낼 수 없다. 진정성은 그 사람의 몸이 동반될 때 비로소 느껴지는 신체적 진실성이다.

체중이 실리지 않는 말과 언어는 참을 수 없을 만큼 가볍고, 에너지를 실어 전달할 수도 없다. 밑바닥 진실을 온몸으로 겪어낸 사람이 건져 올린 언어를 보면 심장이 뛴다. 관념의 거품이 들어설 자리가 없다.

현장과 몸이 만나야
혁명이 시작된다

———

자신의 경험을 지나치게 포장해서 강조할수록 과거에 얽매인 고리타분한 사람으로 인식되기 쉽다. 경험은 소중한 스승이지만 또 다른 가능성을 가로막는 요소가 될 수 있다. 경험은 언제나 또 다른 경험으로 대체되는 과정을 통해서 부단한 성찰과 함께 삶의 스승으로 격상된다. 경험에 안주하는 순간 발목이 잡힌다. 마찬가지로 경험의 뜨거운 열기 속으로 빠지지 않고서는 나의 재능을 알 수 없다. 재능은 오로지 몸으로 실험하고 모색하는 가운데 발견할 수 있는 능력이다.

현장과 몸이 만나는 곳, 몸의 욕망이 현장을 매개로 펼쳐지는 가운데 가치관의 충돌이 일어나기도 한다. 그러나 몸으로 부딪친 체험이 지혜를 낳고 그 지혜가 현장과 현실을 변화시키는 혁명의 기폭제가 된다. 고뇌의 깊은 바다에 빠져 사투를 벌일 수도 있지만 다시 일상으로 돌아오는 체험적 여정이 내가 가야 할 길을 알려줄 것이다.

《어린 왕자》에 보면 지리학자에 대한 다음과 같은 이야기가 나온다.

"그렇지. 하지만 난 탐험가가 아니거든. 나는 탐험가와는 거리가 멀단다. 지리학자는 도시나 강과 산, 바다와 태양과 사막을 돌아다니지 않는다. 지리학자는 아주 중요한 사람이니까 한가로이 돌아다닐 수가 없지. 서재를 떠날 수가 없어. 서재에서 탐험가들을 만나는 거지. 그들에게 여러 가지 질문을 하여 그들의 기억을 기록하는 거야."○

지리를 발로 뛰면서 익히지 않고 책상에 앉아서 머리로만

○ 앙투안 드 생텍쥐페리, 《어린 왕자》, 정장진 옮김(문예출판사, 2019), p.141.

이해하려는 지리학자의 관념적 태도를 우회적으로 비판하는 글이다. 지리학자는 구석구석을 다녀봐야 지리를 알 수 있다. 지리학 책만 봐서는 땅을 이해할 수 없다.

지리학을 공부하는 학자가 지리를 잘 모른다는 역설은 단지 지리학자만의 문제가 아니다. 교육학자가 교육 현장을 발로 뛰면서 그 아픔을 이해하지 않고 창백한 연구실에서 공부만 한다. 경영학자가 경영 현장의 아픔을 몸으로 이해하지 않고 경영학적 논리로만 현장을 재단한다. 경제학자가 현장을 구석구석 살펴보면서 경제 현실을 파악하지 않고 통계와 지표로 경제 현상을 설명하는 데 주력한다. 공부를 많이 해서 석학이 되었지만 책상 지식일 뿐 격전의 현장에서 먹힐 수 있는 삶의 지혜는 아니다.

곤란함이 있어야
파란을 일으킬 수 있다

———

지리학과 경영학, 그리고 교육학과 경제학을 현실과 분리된 공간에서 공부할수록 학문적 탐구 대상인 현장과는 거리가 먼 학문으로 전문화된다. 공부는 가슴으로 느끼고 머리로 생각하며 손발을 움직여 실천하는 가운데 점차 완성되어간다. 체험 없이 차가운 논리의 세계에 빠지면 현장이 말해주는 진실을 이해하기보다 왜곡하는 역기능이 발생한다. 아무리 위대한 사상이라 할지라도 내 몸을 움직여 적용하고 체험하지 않으면 결코 나의 것이 되지 않는다.

몸을 쓰지 않고 머리만 쓰면 머리는 바빠지고 복잡해진다. 그러나 몸을 움직이면 복잡하던 생각도 말끔히 정리되고 답답하던 마음도 트이는 경우가 많다. 그래서 책도 읽어야 하지만 읽은 책을 소화시키는 과정도 필요하다. 머리로 읽은 책을 실제로 느껴보고 무슨 의미인지 반추하기 위해서는 몸을 움직여 실천해봐야 한다.

생각지도 못한 생각은 몸을 움직여 체험해보는 가운데 탄생한다. 20년 경력의 구멍가게 아주머니와 같은 경력의 대학교수 아이큐를 비교하면 구멍가게 아주머니가 더 높을 수 있다는 게《나와 너의 사회과학》을 쓴 우석훈의 주장이다. 여기서 아이큐는 어떤 문제를 단순하게 이해하고 해결하는 지능을 넘어선다. 현장에서 문제가 발생했을 때 실제로 해결할 수 있는 복합 능력을 가리킨다. 구멍가게 아주머니는 구매, 품질, 재무, 회계, 마케팅, 브랜딩, 인사, 노무 등을 혼자 다 해낸다. 하지만 경영학을 전공하는 교수는 자기 분야의 전공을 세분해서 공부한다. 당연히 경영 전반을 폭넓게 이해하는 능력은 구멍가게 아주머니보다 크게 떨어질 수밖에 없다.

지식인이 비판받는 이유는 체험 없이 보편적 이론으로 앎을 구축하려는 어리석은 노력 때문이다. 그러나 진정한 지식인은 실천을 통해 이론적 토대를 만들어가려고 노력한다. 그들은 삶으로 앎을 이해하려고 한다. 반대로 앎과 삶이 따로 노는 사람들이 있다. 이들은 앎으로 삶을 재단하려고 애쓴다. 내 몸이 실린 언어보다 먹물 좀 먹은 지식인들의 관념적 언어가 자주 등장할 때 신뢰의 기반이 무너져 내린다.

"냉정히 말해서 지식인이란 고통의 곁에 있는 사람이 아니다. 고통의 곁에 잠시 머무르는 사람이다. 지식인들은 고통의 곁에서 연구하며 그 연구가 끝나면 언어를 회수해서 자신의 자리로 돌아간다."°

엄기호의 《고통은 나눌 수 있는가》에 나오는 말이다. 이 책을 읽으면서 죽비를 맞은 것 같았다. 지식인의 자리매김을 근원적으로 다시 성찰해보지 않을 수 없었다. 고통 곁에 있는 사

○ 엄기호, 《고통은 나눌 수 있는가》(나무연필, 2018), p.290.

람과 고통 곁에 있는 척하다 떠나는 사람, 만일 지식인의 위치가 후자라면 그들이 쓰는 논문과 저서에 담긴 메시지에 어떤 울림이 있을까?

곤란한 삶을 타개할 수 있는 묘안은 곤란한 상황에 직면해보지 않으면 얻을 수 없다. 지금 이대로는 안 되겠다는 각성과 현재의 지식으로는 곤란함을 해결할 수 없다는 위기의식이 어제와 다른 출발을 북돋운다. 곤란함은 곤궁의 상태로 몰아넣기 위한 걸림돌이나 덫이 아니라 지금 상황에서 벗어나게 하고 이상적인 목적지로 유도하는 디딤돌이다. 곤란이 파란을 불러온다. 곤경 속에서 사투를 경험한 저자의 깨달음이 독자에게는 아름다운 풍경으로 다가온다.

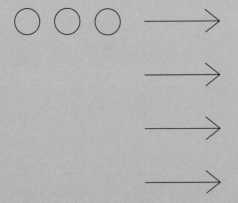

생각을 행동으로 옮기는
Practical Exercise Corner

살아내기:
물음표와 느낌표 찾기

?

!

?

!

삶은 글이 자라는 텃밭이다. 삶에서 건져 올린 글감이라야 독자를 감동시킬 수 있다. 연말에 신문사에서 10대 뉴스를 발표하듯, 한 해를 보내면서 나의 10대 뉴스를 소제목으로 뽑은 다음, 뉴스 기사를 작성한다고 생각해보자. 최대한 기사를 자세하게 기술해보자. 아니면 10년 후 지금과 달라진 미래의 나를 열 가지 정도 구상해도 좋다. 누구나 다 비슷한 체험을 하지만 그것이 글로 연결되기 위해서는 그 체험이 갖는 의미를 찾아내야 한다. 매일 반복한 일도 어제와 다른 눈으로 바라보면 그것이 갖는 의미를 충분히 찾아낼 수 있다. '살기'는 사라지지 않기 위해 내 몸을 던져 사투를 벌이는 전쟁이다.

문장부호 찾기

———

물음표를 갖고 어느 날 우주에서 세상이라는 낯선 곳에 도착했다. 물음표가 감동의 느낌표로 바뀐 날이기도 하다. 일생일대의 사건이었으며, 형언할 수 없는 감동이었다. 이런저런 관계가 씨줄과 날줄로 엮이면서 인간은 사람으로 자라기 시작한다. 성질도 생기고 성격도 만들어지기 시작한다.

느낌표만 이어질 것 같던 세상은 세월을 먹고 자라면서 숱한 시련과 역경의 물음표를 던진다. 난국을 타개하기 위해 앞만 보고 달리다가 힘에 겨워 가끔 쉼표 위에 앉아 쉬기도 한다. 갑자기 천둥과 번개가 치고 세찬 비바람이 몰아치며, 살을 에는 듯한 혹한과 눈보라가 앞을 가리기도 한다.

삶은 언제나 밤하늘에 반짝이는 별이 아니고 햇볕만 내리쬐는 것도 아니다. 어느 날은 생이 끝날 것 같은 마침표가 엄습해온다. 어떤 날이 나에게 다가올지도 모르고 고행의 연속이지만 어제의 곤경은 나에게 힘든 세상을 견디며 살아갈 수 있는 깊은 깨우침을 선물로 준다.

삶에서 만나는 문장부호가 이뿐일까? 마음속으로 숨죽이며 내뱉은 말을 작은따옴표 안에 가둬놓고 되뇌기도 한다. 또 누군가 한 말을 기억해내 큰따옴표 속에 집어넣고 반추하기도 한다. 그러면서 "나는 누구인가?", "나는 어디로 가는 것일까?", "어떻게 사는 게 행복할까?"를 묻기 시작한다. 부단히 묻다가 답이 없을 때는 말없음표(……)를 찍고 한동안 기다린다.

쌍점(:)을 찍고 내 삶의 의미를 풀어보기도 한다. 쌍반점(;)을 찍고 일단 끊었다가 이어서 설명하거나 살아가면서 부딪히는 수많은 일들의 의미를 해석해보지만 삶은 여전히 풀리지 않는 미완성 교향곡이다.

오늘도 한 사람이 되기 위해 물음표를 가슴에 품고 느낌표를 찾아 길을 가는 사람들이 있을 것이다. 그 길에서 만나는 여러 문장부호들이 마침표에 이르는 이정표가 되지 않을까?

낯선 배치 속으로 들어가기

사람은 태어나서 죽을 때까지 수많은 공간으로 이동하면서 살아간다. 시골에서 자라다 서울로 옮겨와서 살기도 하고 직장을 옮기기도 한다. 이전과 다른 나로 거듭나기 위해서는 낯선 배치로 나를 노출시켜야 한다.

나는 어린 시절 축구 선수로 활동한 적이 있다. '유영만-운동장-축구공'으로 배치되던 삶이었다. 하지만 축구를 그만두고 공업고등학교로 진학하면서 낯선 배치 속으로 들어가게 되었다. 낯선 환경 속에서 한동안 이방인처럼 느꼈지만 부단한 접촉으로 이전과 다른 생각들이 움트기 시작했다.

이렇듯 낯선 마주침을 통해 나는 이전과 다른 체험적 지혜를 얻게 되고, 이전과 다른 나로 살기 시작한다. 모든 생명체는 환경이나 다른 생명체와의 부단한 상호작용을 통해 자기 변신을 거듭하고 끊임없이 자기를 생성한다.

자기 생성하기

자기 생성을 지속하기 위해서는 에너지가 필요하다. 그 에너지원이 바로 '구조 접속structural coupling'이다. 구조 접속이란 생명체가 주변 환경과 상호작용하면서 부단히 자신의 신경계 구조를 변화시키는 활동이다.

개체와 환경의 구조 접속이 끊어지면 자기 생성을 위한 에너지원도 차단된다. 에너지원의 유입이 끊기면 생명체로서의 고유한 특성을 더 이상 생성할 수 없고 결국은 생명성을 상실

○ 움베르또 마뚜라나·프란시스코 바렐라, 《앎의 나무》, 최호영 옮김(갈무리, 2007).

한다. 생명체의 구조 변화는 일생일대의 큰 사건이며, 고통의 역사다. 살아 있는 한 계속되는 미완성의 작업이기도 하다.

구조 접속을 통해 자기를 생성하는 과정은 생명체가 어떤 환경에서 상호작용을 주고받는지에 따라 달라진다. 산꼭대기에서 양동이로 물을 쏟아붓는다고 가정해보자. 쏟아진 물이 어느 방향으로 어떤 자국을 내며 흘러갈지는 아무도 예측할 수 없다. 물은 장애물이나 땅의 굴곡 상태에 따라 예측 불허의 방향으로 흘러가면서 흔적을 남길 것이다.

나 역시 수많은 장애물과의 우발적 접촉을 통해 표류를 거듭하며 바다로 흘러가는 중이다. 우발적 접촉은 다음 행보를 결정하는 디딤돌이자 흥미로운 글감이다. 어떤 미래가 다가올지는 알 수 없지만, 나는 오늘도 호기심의 눈으로 탐험을 계속한다. 호기심은 익숙한 세계로부터 벗어나 일탈하려는 근원적 욕망이다.

성장 체험하기

사람은 그가 만나는 인간과 시간과 공간의 합작품이다. 누구와 어디서 어떤 경험을 했는지에 따라 전혀 다른 생각이 만들어지고, 그에 상응하는 개념적 사유가 생기면서 놀라운 각성이 일어난다. 이른바 '성장 체험'이다. 성장 체험은 물리적 시간과 공간의 변화만을 말하지 않는다. 한 인간이 이전의 세계에서 다른 세계로 거듭나는, 방향 전환이 일어나는 각성을 일컫는다.

"우리 삶에서 가장 중요한 두 날은 세상에 태어난 날과 자신이 왜 태어났는지 알게 된 날이다."

미국의 소설가 마크 트웨인의 말이다. 나로 하여금 왜 살아야 하는지, 나답게 살아가기 위해서는 무엇을 어떻게 하며 살아가야 하는지를 알게 해준 수많은 성장 체험 덕분에 오늘의 내가 탄생한 것이다.

성장 체험은 누구에게나 일어난다. 우리는 살면서 다양한 경험을 한다. 누군가에게 그 경험은 창작의 원동력으로 발아되지만 누군가에게는 그냥 추억의 한 페이지로 남는다. 내가 경험했던 그 사건이 나에게 주는 시사점은 무엇일까? 왜 그것이 그때 일어났으며 그 사건으로부터 내가 배울 수 있는 교훈은 무엇일까? 뜻하지 않게 일어났지만 전화위복의 기회, 반면교사로 삼을 수 있는 각성 포인트는 무엇일까 끊임없이 질문하고 성찰할 때 나만의 신념이 잉태되고 성장으로 이어진다.

내 몸에 새겨진 구조 접속은 한 시대가 골머리를 앓으면서 사투 끝에 남겨놓은 역사적 산물이다. 앞으로 또 어떤 환경 속에서 이전과 다른 구조 접속의 역사를 써나갈지는 나 자신도 모른다. 다만 지금과 다른 길에서 우연히 만날 수많은 마주침을 기대하고 설렐 뿐이다.

지금까지의 성취물에 취하지 않고 그것조차 무너뜨리고 처음부터 다시 시작하는 용기가 작가의 끈기와 열정의 근원이다. 밖으로 향하던 시선을 안으로 돌려 나를 찾아가는 여행을 해왔고 앞으로도 할 것이다. 우리는 어떤 작품과도 비교할 수 없는 고유한 예술 작품을 창조하는 자유로운 영혼이다.

내가 만나는 바깥의 세계는 언제나 나에게 배움의 원천이었고 지속적으로 깨우침을 주는 스승이었다. 밖은 언제나 안보다 혼란스럽고 낯설고 위험하다. 그럼에도 보호 장막을 걷어내고 경계를 넘는 용기가 있어야 바깥의 세계로 진출할 수 있다. 지금과는 다르게 생각하는 것이 어디까지 가능한지를 실험하는 노력이 소중하다. 다름을 찾아가는 앎은 언제나 타인과의 부단한 마주침 속에서 얻는 깨우침이다.

책 쓰기는
애쓰기다

2장

읽기는 다른 세상과 만나는 접속이다

읽기

읽기는 살기와 개념적으로 구분될 뿐, 실제로는 구분되지 않는 삶의 또 다른 부분이다. 논의의 편의상 구분해서 서술할 뿐이다.

살면서 책을 읽지 않는다면 그 삶은 죽은 삶이나 마찬가지다. 읽어야 어제와 다른 낯선 생각과 접속할 수 있다. 낯선 생각과 접속하지 않는 기존 생각은 현실에 안주하고 타성에 젖어 살아가려는 관성이다.

물론 책을 읽지 않아도 당장 살아가는 데는 불편하지 않다. 오히려 책을 깊이 읽고 사색하는 사람은 지금 여기서의 삶이 불편하다. 어찌 보면 책은 사람의 생각을 불편하게 만드는 위험한 씨앗일지도 모른다.

책을 읽는 사람은 세상을 다르게 읽어낸다. 또한 읽는 사람은 자신을 비롯하여 사람을 읽어낼 수도 있다. 불편한 점은 없는지, 어떤 슬픔을 짊어지고 살아가는지를 읽어내려면 내가 먼저 그런 경험의 중심으로 뛰어들어 상황을 읽고 해석하는 힘을 길러야 한다.

사유의 힘은 체험을 해석해내는 사고력이기도 하다. 사고력은 책을 읽지 않고서는 길러지지 않는다. 살기가 읽기와 접속될 때 우리는 어제와 다르게 살아가려고 안간힘을 쓰기 시작한다. 그렇게 살아내려고 애간장을 태우는 힘은 다시 나만의 사유 체계를 구축해준다.

그러나 읽기만 하면 읽는 바보가 된다. 나의 삶에 비추어 의미를 반추해보고 적용하는 과정에서 읽기는 비로소 완성된다. 읽고 실천하고, 실천하면서 다시 읽는 선순환이 어제와 다른 삶을 맞이하는 흐름으로 연결된다.

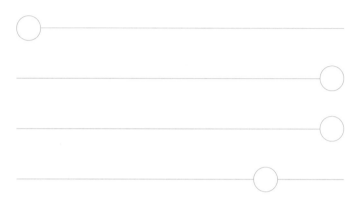

가장 즐거운
피서는 독서다

세상에는 다양한 독서 방법이 있다. 하지만 가장 중요한 것은 책을 읽는 사람의 마음가짐이다. 위기의식이나 문제의식이 없는 사람에게는 아무리 좋은 독서 방법도 약이 되지 않는다. 모든 독서 방법은 책을 읽으려고 마음먹은 사람에게는 유용한 가르침이 될 수 있지만, 그렇지 않은 사람에게는 삶을 옭아매는 또 다른 법에 불과하다.

"읽기는 뙤약볕이 내리쬐는 여름날 오후 강행군을 마치고 그늘에서 마시는 차가운 샘물과 같은 것이다. 책이 그렇게 읽히는 것이라면 반복하지 않을 이유가 어디에 있을까?"

《잘라라 기도하는 그 손을》으로 유명한 사사키 아타루佐佐木中의 다른 책 《이 나날의 돌림노래》에 나오는 말이다. 폭염이 계속되지만, 그럼에도 불구하고 작가의 생각 속으로 뛰어들어 내 삶을 돌이켜보고 성찰한다. 차가운 샘물 같은 이런 독서야말로 가장 즐거운 피서가 아닐까. 아래 여덟 가지 독서 방법을 살펴보고 폭염을 이겨낼 자기만의 독서법을 찾아보자.

반복해서 읽는 '복독'

———

다양한 책을 읽는 노력도 중요하지만 한 번 읽은 책을 여러 번 '복독復讀'을 할 수도 있다. 롤프 도벨리의 《불행 피하기 기술》을 보면 그 효력이 나와 있다.

> "두 번 읽기를 시행해보면 그 효력은 한 번 읽기의 두 배 정도로 그치지 않는다. 몇 배 더 큰 효력을 발휘한다. 나 자신의 경험에 비추어보면, 한 열 배 정도의 효력이 있는 것 같다."

○　사사키 아타루, 《이 나날의 돌림노래》, 김경원 옮김(어문책, 2018), p.215.
○○　롤프 도벨리, 《불행 피하기 기술》, 유영미 옮김(인플루엔셜, 2018), p.250.

어떤 일이든지 반복하지 않으면 경지에 이를 수 없다. 책 읽기도 마찬가지다. 한 문장에 담긴 의미심장함을 이해하기 위해서는 반복해서 읽어야 한다. 처음에는 이해가 되지 않다가도 반복해서 읽으면 의미가 서서히 본색을 드러내기 시작한다.

독서를 무슨 목표 달성하듯 권수를 정해놓고 하는 사람들이 많다. 1년 목표 300권을 읽겠다고 설정해놓고 그야말로 미친 듯이 읽는다. 물론 많이 읽는 것이 나쁘다는 건 아니다. 하지만 많이 읽는다고 내 몸에 다 새겨지는 게 아니다. 읽는 행위 자체에 너무 신경을 쓰다 보니 정작 깨달음을 얻는 데는 신경을 덜 쓰게 된다.

나는 반복해서 읽는 책을 주변에 늘어놓고 시간이 날 때마다 읽는다. 니체의 《차라투스트라는 이렇게 말했다》와 《이 사람을 보라》를 비롯한 다수의 저작들, 신영복 교수의 《강의》와 《담론》 등은 읽을 때마다 새로움으로 다가온다.

밥 먹듯이 습관적으로 읽는 '습독'

습관은 무의식적으로 반복하는 행위다. 밥을 먹을 때는 대단한 결심을 하지 않는다. 밥 먹고 나서 양치질을 할 때도 "오늘은 내가 반드시 양치질을 하고 말 거야."라고 다짐하지 않는다. 그냥 무의식적으로 반복한다.

반복해서 읽는 복독을 하다 보면 생기는 습관이 '습독習讀'이다. 습독은 한 가지 책을 여러 번 읽는 복독과 다르게 어떤 책이든지 습관적으로 읽는 것이다. 시간을 부러 내서 읽는 사람도 있다. 그 사람은 그게 습관이 된 것이다. 시간이 나면 책을 읽겠다고 다짐하는 사람보다 자투리 시간이라도 내서 책을 읽을 때 그 습관이 자연스럽게 몸에 밴다. 책 읽기에 가장 좋은 시간은 '지금 당장'이다.

시간이 없어서 책을 못 읽겠다는 사람이 시간적 여유가 생기면 과연 책을 읽을까? 그렇지 않다. 아무리 시간이 남아도 책을 읽지 않는다. 습관이 들지 않았기 때문이다. 아무리 바빠도 우리가 밥을 먹고 영양을 보충하듯이 시간이 날 때마다 책을 읽는 수불석권手不釋卷의 독서 습관을 만들어야 책을 읽을 수 있다.

배가 고프면 습관적으로 음식을 먹듯이 뇌가 고프면 습관적으로 책을 읽어야 한다. 그런데 배는 늘 고프지만 뇌는 늘 편안하다. 인간의 신체는 균형이 깨져야 그것을 맞추려는 노력이 전개된다. 그런 의미에서 뇌에도 자극이 필요하다.

뜻을 새기며 읽는 '정독'

'정독精讀'은 빨리 읽기보다 느리게 읽는 독서다. 정독하지 않으면 해독解讀이 되지 않는다. 타자의 낯선 생각과 부딪히는 아픔을 경험하지 않고서는 내 생각의 온전한 자유를 얻을 수 없다. 여기서 타자는 기존의 생각을 불편하게 만들고, 이전과 다른 해석을 강요하며, 끊임없이 생각하게 만드는 '기호sign'다.

《프루스트와 기호들》을 쓴 질 들뢰즈Gilles Deleuze에 따르면 기호는 우리에게 사유하도록 강요하고 참된 것을 찾도록 강요하는 힘을 갖고 있다고 한다. 책이야말로 낯선 기호들의 천국이다. 그 기호를 둘러싸고 있는 의미의 껍질을 깨부수면서 하나씩 내 삶의 현장으로 가져와 반추하고 성찰해보자.

"사람이 책을 읽으면서 자기가 읽는 대목의 의미를 알고 싶다면 오직 한 가지 방법밖에 없다. 단단하든 부드럽든 단어들의 껍질들을 깨고, 그 단어 속으로 들어가 그곳에 응축되어 있는 의미가 자신의 가슴속에서 폭발하게끔 해야 하는 것이다. 작가의 기술이란 인간의 정수를 알파벳 문자들에 압축해 넣는 마술, 바로 그것이다. 따라서 독자의 기술은 그 마술적 장치들을 열고 그 속에 갇혀 있는 뜨거운 불이나 부드러운 숨결을 느끼는 것이다."

니코스 카잔차키스Nikos Kazantzakis의 《영국 기행》에 나오는 말이다. 작가가 단어의 껍질 속에 감춘 의미심장함을 깨부수고 파고들어갈 때 독서는 기술이 아니라 예술로 승화된다.

삶에 적용하고 실천하는 '체독'

'체독體讀'은 눈으로 읽으며 머리로 생각하는 독서를 넘어 몸으로 실천하는 읽기다. 독서는 작가의 생각이 담긴 책을 읽는 행위지만 거기서 끝나지 않는다. 진정한 독서는 책에서 얻은 깨달음을 실제 내 삶에 적용하는 것이고, 정체된 삶을 흔들어 깨우는 것이다.

묘계질서妙契疾書라는 말이 있다. '묘계妙契'는 책을 읽다가 퍼뜩 떠오른 깨달음이고, '질서疾書'는 떠오른 생각이 도망가기 전에 붙잡아서 쓴다는 의미다. 읽을 때는 많은 깨달음을 얻었다고 생각했지만 책을 덮는 순간 남는 게 없다. 눈으로 읽고 가

○ 니코스 카잔차키스, 《영국 기행》, 이종인 옮김(열린책들, 2008), p.128.

83

슴으로 느꼈지만 떠오른 생각을 붙잡아 쓰지 않아 다 휘발된 것이다.

머릿속에 저장된 기억은 휘발성이 강해서 믿을 것이 못 된다. 순식간에 날아가 버린다. 출처도 생각나지 않고 어디로 사라졌는지 기억조차 나지 않는다. 그래서 체독이 필요한 것이다. 실천으로 옮기지 않으면 내 것이 되지 않는다. 진짜 책 읽기는《정희진처럼 읽기》에 나오는 말처럼 "내 몸 전체가 책을 통과하는 것"이다. 책이 내 몸을 통과하면서 내 생각이나 체험과 뒤섞여 또 다른 책이 된다. 그래서 "모든 독자는 자기가 읽은 책의 저자"라고 알랭 드 보통이 말한 것이다.

삶을 성찰하는 '찰독'

신영복 교수는 독서를 '3독'이라 했다. 먼저 텍스트를 읽고, 그것을 쓴 필자를 읽은 뒤, 마지막으로 그 책을 읽는 나를 읽는 것이다. 그중에 책을 읽는 나를 읽는 것이 바로 '찰독察讀'이다.

독서는 작가가 던져주는 메시지를 통해 나를 성찰하는 과

○ 정희진,《정희진처럼 읽기》(교양인, 2014), p.19.

정이다. 성찰 없는 독서는 오히려 독이 될 수 있다. 독서에는 단순히 책을 읽는 행위를 넘어서서 내 삶을 돌아보고, 앞을 내다보며, 지금 여기서의 삶을 성찰하는 자기반성적 행동이 요구된다.

기형도 시인의 〈우리 동네 목사님〉이라는 시에 이런 구절이 나온다.

"성경이 아니라 생활에 밑줄을 그어야 한다."

성경에 밑줄을 긋고 암송하지만 실제 삶에 적용하지 못하는 관념적인 신자들을 염두에 두고 쓴 말이다. 성경을 금언과 잠언처럼 떠받들지만 그 앎이 가슴으로 내려오지 못할 뿐만 아니라 현실의 삶으로 내려오지 않는다면 100번을 읽어도 시간 낭비에 불과하다. 밑줄은 성경에도 쳐야 하지만 내 삶에도 쳐야 한다.

머릿속에 저장한 지식으로 삶을 재단하고 평가하려는 관념적 지식인도 예외는 아니다. 진짜 지식인은 책에서 배운 대로 몸으로 직접 실천하면서 진정한 앎을 만들어간다. 그런 앎에는 용기와 신념과 철학과 열정이 들어 있다. 책을 열심히 읽고 밑줄을 긋지만 나는 없어지고 책이 내 안으로 들어와 주인 행세를 시작한다면 안 읽은 것만 못하다.

책에는 나와 다른 사람이 사는 세상도 있고, 나와 다른 생각으로 다른 가능성의 문을 열어가는 사람도 있다. 자유는 타성에 젖은 생각을 깨부수고 주체적으로 해석할 수 있는 힘을 가질 때 생긴다. 책을 읽는 이유도 자유를 얻기 위해서다. 책이라는 깨달음의 세계에 진입해서 나에게 함몰된 나를 구원하기 위해서다.

책 속으로 빨려 들어가면서도 책 밖으로 나와 주체적인 나를 생각하는 자유, 책을 읽되 책 속으로 함몰되지 않고 그 의미를 나의 삶으로 재해석하는 힘을 통해 자유로운 생각의 씨앗이 발아된다.

나에게 약이 되는 '고독'

약은 쓰지만 몸에는 좋은 것처럼 내 생각에 쓴 약을 공급하는 독서가 바로 '고독苦讀'이다. 새로운 생각은 낯선 생각과 마주칠 때 비로소 잉태된다. 낯선 생각과의 마주침에 가장 좋은 자극제는 나와 다른 생각을 품고 있는 책을 읽는 것이다.

책은 나에게 공감을 불러일으키는 감성적 자극제이기도

하지만 공감되지 않는 많은 불편한 생각을 품고 있는 창고이기도 하다. 공감되는 책만 계속 찾아 읽으면 마음은 편안해지지만 낯선 생각을 창조할 수 있는 가능성은 줄어든다.

책을 읽으며 공감이 안 되는 이유는 내가 체험해보지 않았기 때문이다. 나와 살아온 배경이나 경험이 다르고 공부한 분야가 다르면 공감대는 그만큼 줄어들 수밖에 없다.

또 작가가 사용하는 개념이 어렵거나 메시지가 숨겨져 있는 경우도 책이 어렵게 느껴진다. 후자의 경우는 반복해서 읽고 작가의 의도가 무엇인지를 파고들어가 반추해보는 수밖에 없다. 하지만 개념이 이해가 되지 않을 때 사람들은 더 이상 책을 읽지 않고 덮어버린다.

니체는 꿀벌은 밀랍으로 집을 짓고 살지만 사람은 개념으로 집을 짓고 산다고 했다. 내가 어떤 개념으로 집을 짓는지 모를 때는 개념 없는 인간으로 전락하고 만다. 개념을 이해하기 어렵다고 해서 자꾸 멀리하면 내 삶 또한 개념과는 멀어지지 않을까? 이런 악순환의 고리를 끊는 방법은 조금은 고생스럽더라도 모르는 개념이 나왔을 때 참고 서적이나 사전을 찾아가며 치열하게 읽는 것이다.

경계를 넘어 읽는 '월독'

'월독越讀'은 경계를 넘어 다른 분야의 책을 읽는 독서다. 내가 몸담고 있는 경계 안에서만 읽기보다 경계 밖의 책을 읽어야 편협한 시각을 넘어서는 초월적 생각을 할 수 있다. 일순간에 넘어서는 초월보다 땅바닥을 기어가면서 힘겹게 넘어서는 '포월匍越'의 독서가 바로 월독이다. 포월은 포복하듯 힘겹게 지금 이곳에서 저곳으로 넘어가는 사투다.

나는 교육공학자로서 사람이나 조직을 변화시키는 다양한 학문 분야와 실천적 접근에 특히 관심이 많다. 교육공학자라고 해서 교육 관련 전공 책만 읽으면 다르게 생각할 수 있는 가능성이 원천적으로 봉쇄될 수 있다.

《지식생태학》이라는 책을 쓴 이유도 바로 여기에 있다. 생태학적 시각과 접근 방법으로 지식 창조 과정을 밝혀보고, 거기서 얻은 깨달음으로 개인과 조직의 지식 창조 원리를 밝혀보려는 간학문적 접근이었다.

또한 심리학 기반의 미시적 사고방식이나 행동 변화를 추구하는 접근 논리의 한계를 극복하기 위해 사회역학이나 행동경제학을 공부하기도 했다.

이처럼 한 가지 분야를 깊이 파는 독서도 중요하지만 일정 시점이 지나면 옆으로 퍼져나가는 독서를 통해 인식의 편협성을 극복하려는 노력을 부단히 전개해야 한다.

여럿이 함께 읽는 '협독'

'협독協讀'은 혼자 읽기보다 여럿이 함께 읽고 토론하는 독서다. 책을 읽으며 내 생각을 키우는 한 가지 방법은 함께 읽는 협독으로 옮겨가는 것이다. 독서의 완성은 책의 마지막 장을 넘길 때가 아니라 읽은 내용을 토대로 다른 사람과 토론하고 공유할 때다.

혼자 읽으며 생각한 내용과 다른 사람이 깨달은 내용이 융합될 때 그 책은 한 권의 책으로 끝나지 않는다. 오히려 책은 한 사람의 생각과 행동을 바꾸는 혁명적 촉진제이며, 위험한 생각을 품은 사람들과의 비밀결사를 구성하는 매개다.

한 권의 책을 혼자 읽고 생각하면 내 생각을 능가하는 새로운 해석을 만날 가능성이 없다. 하지만 읽으면서 깨달은 바를 다른 이들과 토론하고 공유하면 또 다른 생각을 접할 수 있다. 같은 책을 읽었지만 느낀 점이나 그를 통해 얻은 가치는 천차만별이다. 작가의 의도를 넘어 다른 관점과 방식으로도 해석해낼 수 있는 무한한 가능성이 거기에 있다.

책은 체험적 깨달음으로 쓴 새로운 사고의 보고이기도 하지만 작가의 관점으로 해석한 편견의 산물일 수도 있다. 편견은 또 다른 편견과 만나 충돌하고 갈등을 일으키는 가운데 많은 사람들이 공감하는 생각으로 거듭날 수 있다. 독서 토론을 통해서 얻을 수 있는 가장 소중한 가치는 혼자 읽기만 해서는 생각해낼 수 없는 수많은 편견과 만날 수 있다는 점이다. 다양한 편견이 충돌하면서 또 다른 가능성의 문을 열 수 있다.

어떻게든 다르게
살아보기 위해 읽는다

흔히 책을 읽는 이유를 다섯 가지 정도로 꼽을 수 있다. 먼저 남다른 개념을 습득할 수 있다. 또 인두 같은 한 문장을 만나 위로를 받고, 깊은 사유의 흔적을 발견하고, 생각 너머의 세계를 상상하며, 타인의 체험을 간접 체험할 수 있다.

하지만 책을 읽는 더 근본적인 이유는 어떻게든 다르게 살아보기 위해서다. 아침이면 여느 날과 같이 눈이 떠진다. 그래도 출근할 곳이 있어서 다행일까. 전쟁 같은 출근길을 통과해 회사에 간신히 도착하면 또다시 예측할 수 없는 전쟁이 시작된다. 하루 종일 무슨 일을 하는지 모를 정도로 동분서주하다 퇴근 전에 잠시 생각해본다. 내일도 여기로 출근해야 하나?

전과 다르게 살아보려는 사람은 이대로는 안 된다는 위기의식이 있는 사람이다. 이런 사람에게 책은 조용히 다가와 속삭이는 친구다. 안간힘을 쓰며 살지만 가까운 친구에게 전화할 수도 없고 지나가는 사람을 붙잡고 하소연할 수도 없을 때 책은 나를 위로해주고 벽 너머의 또 다른 세상을 보여준다.

나름 파란만장한 인생을 살아서 한 번쯤 글로 정리해보고 싶은 생각이 들 때도 있다. 하지만 쉽지 않다. 경험은 많이 했지만 그 경험을 포착해서 하나의 이미지로 구현해낼 개념도 부족하거니와 그럴 만큼 사유가 성숙되지 않아서다.

이때는 자기만의 개념으로 문장을 건축해내는 선각자들의 책을 읽어봐야 한다. 험난했던 삶을 어떤 개념으로 녹여 살아 숨 쉬는 문장으로 건축했는지 유심히 읽는 것이다. 책은 내 생각의 한계와 무지한 인식을 깨우쳐주는 죽비竹篦다. 죽비로 한 대 얻어맞는 순간 전광석화 같은 깨달음이 번쩍이면서 얼어붙었던 사유 체계가 깨진다. 행간을 비집고 들어가면 작가가 숨겨놓은 놀라운 생각의 정수들을 발견할 수 있다.

도처에 책이 있어도 책을 읽지 않는 이유는 책을 읽을 필요성을 느끼지 못하거나 책이 나에게 주는 엄청난 각성의 즐거움을 모르기 때문이다. 책은 결국 갈급한 사람이 읽는다.

이전과 다르게 살겠다는 다짐은 다른 생각으로 다르게 행동해서 다른 삶의 의미를 추구하고, 나만의 고유한 가치를 창조하겠다는 말이다. 그러자면 남다른 경험의 현장에서 저마다의 사유 체계를 구축해놓은 책의 바다로 뛰어들어야 한다. 그럴 때 나 역시 새로운 발견과 함께 요동치는 바다를 건널 수 있는 남다른 생각으로 무장할 수 있다.

마이클 폴라니Michael Polanyi에 따르면 "과학적 발견이란 미지의 바다를 가로지르는 대담한 능력"이다. 책을 읽음으로써 이전과 다른 통찰을 얻고 미지의 세계에서 새로운 사실을 발견함으로써 이전과 다르게 생각하고 행동할 수 있는 능력을 습득하는 것이다.

빠져서 읽되
다시 빠져나와야 한다

―――――

복잡하게 얽힌 생각의 실타래를 푸는 결정적인 단서를 책에서 발견하는 순간이 있다. 내가 지금까지 세상을 해석했던 틀에 혁명적인 변화가 일어나는 순간이다. 단순히 나의 문제 상황에

○ 마이클 폴라니, 《암묵적 영역》, 김정래 옮김(박영사, 2015), p.111.

적용해서 해석했을 뿐인데 관점이 바뀌고 의미가 바뀌는 경이로운 경험을 하게 된다.

나와 다른 분야에서 당면 문제를 해결하기 위해 고뇌했던 흔적을 만날 때도 있다. 평범한 것을 보고 비범한 역발상을 잉태하는 시인의 상상력을 배우기 위해서는 시를 읽는다. 사소한 것에서도 남다른 의미를 발견하는 관찰과 통찰을 배우기 위해 에세이를 읽고, 인생 다반사의 희로애락이 파노라마처럼 펼쳐지는 하나의 다큐멘터리를 감상하기 위해 소설을 읽는다. 또 자기만의 사유 체계로 사람과 삶의 근본을 캐묻는 문제의식을 배우기 위해 철학을 공부하고, 지나간 과거에 담긴 지혜를 얻기 위해 역사책을 뒤적인다. 전공에 대한 깊이 있는 지적 사유를 얻기 위해서는 각종 전문 서적을 읽는다.

책을 읽으면서 특히 조심해야 할 게 있다. 책 속으로 빠져들되 완전히 빠지지는 말아야 한다. 작가가 던진 화두에 공감하고 감동하며 한동안 빠져 살아도 좋다. 하지만 반드시 빠져나와 나의 삶에 비추어 내 것으로 만들려는 별도의 노력이 필요하다. 그렇지 않으면 아무리 수많은 책을 읽어도 나만의 사유의 씨앗을 발아시킬 수 없다.

가령 철학자에게는 생각하는 방법과 철학적 문제의식으로 걸러내는 사유 체계의 증축 과정을 배운다. 하지만 한 사람의 이론 체계에 지나치게 함몰되어 편파적 세계관을 생성하지 않도록 또 다른 철학자의 사상적 편력에 비추어보면서 통찰하는 과정을 게을리하지 않아야 한다.

책은 위험한 생각을 품은 매개체다

자기 목소리를 내기 위해서는 스스로를 위기 상황에 몰아넣고 가열한 사고 실험을 감행해야 한다. 나를 만들어준 사고 기반을 끊임없이 의심하고 당위적으로 생각하는 가치관의 터전에도 물음표를 던져 자주 시비를 걸어야 한다. 한마디로 밑바탕을 뿌리째 뒤흔들어 무너뜨리고 다시 집을 짓는 작업을 반복해야 한다.

나도 모르게 근거로 삼은 사유의 집에는 어느새 타성이 똬리를 틀고 있다. 그것이 새로운 시도들을 가로막고 자기만의 논리를 주장한다. 그러다 보니 더 이상의 발전이 없고 현실에 안주하는 관성이 자리 잡는다.

이전에 쌓았던 업적과 성취를 뒤흔들어 무너뜨리고 다시 정초부터 쌓으려는 노력은 정말 위험하지 않을 수 없다. 책 읽기도 마찬가지다. 독서는 나 자신을 또 다른 생각과 접속시켜 안주하고 있던 생각 바깥으로 데려가려는 시도다. 책은 나를 계속해서 위험한 곳으로 끌고 간다.

아직 한 번도 가보지 않은 길이지만 내 몸을 내맡기는 순간 온 세상이 내 앞으로 다가온다. 어떤 미래가 펼쳐질지는 모른다. 오로지 상상의 날개가 활짝 펼쳐지면서 미지의 세계로 비상할 뿐이다. 이것은 내 몸을 우연의 허공 속에 내던지는 것이다. 거기에는 그 누구도 감당할 수 없는 위험이 도사리고 있다. 하지만 그 순간이 바로 내가 도약하고 위험한 미래를 잉태하는 순간이다.

"그의 시는 치열한 번역 과정, 즉 외국어와의 침통한 투쟁 속에서 체득한 것이다(염무웅). 그(김남주)에게 번역은 혁명의 번역이었다. 그것은 번역이라는 작업을 통해서 원문에 숨어 있는 새로운 타자를 발견하는 욕망이었다고 할 수 있었다."

강민혁의 《자기배려의 책읽기》에 나오는 말이다. 모든 책은 번역을 통해 나의 것으로 전환된다. 한 언어를 다른 언어로 바

○ 강민혁, 《자기배려의 책읽기》(북드라망, 2019), p.584.

꾸는 작업만이 번역은 아니다. 다른 사람의 생각을 나의 생각으로 전환시키는 변혁의 과정 또한 번역이다. 작가의 문제의식 속으로 파고들어가 어떤 맥락과 배경에서 이런 생각을 잉태시켰는지를 반추해보지 않으면 책 속의 텍스트는 부유하는 사유의 거품에 불과할 뿐이다.

이런 점에서 책을 읽는 모든 행위는 작가의 생각을 나의 생각으로 전환시켜 또 하나의 생각의 집을 짓는 건축 행위다. 단어와 개념으로 건축된 문장을 빌어다 용처에 맞게 재조립하고 아예 다른 개념으로 재개념화하는 변혁 작업이다.

낯선 생각과 접속해야
낯선 생각이 잉태된다

———

나는 학부 수업, 특히 대학원 수업에서 평온한 생각을 혼돈의 바다에 빠트릴 철학자, 사회학자, 인류학자, 경제학자, 교육학자, 인지생물학자 등을 강의장으로 소환해 한 주에 한 사람씩 관련 책과 논문을 읽고 토론하는 수업을 진행한다.

어떤 학문 분야든 자기 전공에 빠져 비슷한 개념과 이론을 동종교배하는 연구를 반복할수록 바깥세상과의 소통은 단절

된다. 타성에 젖은 연구를 자기들끼리만 아는 용어로 무한 재생산하는 것은 무의미한 짓이다. 사고는 항상 울타리 안에서 맴돌고 연구 문제는 대상이나 변수만 바꿔서 '~가 ~에 미치는 영향에 관한 연구'를 대대손손 반복한다. 후속 세대는 선배가 걸어간 길에서 크게 이탈하지 않고 선배의 연구를 무한 복제할 뿐이다.

지각 변동은 낯선 세계로 스스로를 이끌고 가서 생전 들어보지 못한 개념을 접하고 논리적 자극을 받을 때 일어난다. 학문적 충격이 일어나면서 사유 체계가 송두리째 흔들린다. 학자는 끊임없이 어제와 다른 논리로 문제의식을 잉태하고 다양한 사유 체계와의 접속을 시도하는 사람이다. 하지만 어느새 익숙한 개념과 이론 체계에 길들여지면서 학문적 경계를 가르고 벽을 쌓기 시작하면 소통이 단절된다. 그렇게 되면 전체와의 구조적 관계성을 상실할 뿐만 아니라 지금 하는 연구가 공동체의 앞날을 어떻게 바꿔나갈지 알 길이 없어진다.

새로운 세계로 진입하는 과정은 무척 설레는 일이다. 낯선 세계로의 진입으로 일정 기간 혼란기를 겪을 수도 있겠지만 불편한 순간이 많아야 불편함을 해소하기 위한 또 다른 지적 투쟁을 감행한다. 불편한 지적 투쟁에 관여된 몸이라야 빠져나오기 위해 안간힘을 쓴다.

나만의 사유의 씨앗을 잉태하기 위해서는 낯선 생각과 접속할 수 있는 다양한 책을 읽고 다시 나의 관점에서 이들을 해체하고 재구성하는 시간을 가져야 한다. 책을 읽고 그냥 덮으면 그 순간 거기서 사유도 끝난다. 사유가 나의 관점에서 다시 잉태되기 위해서는 읽으면서 느낀 점을 기록해놓고, 그것이 주는 시사점이 무엇인지 진지하게 고민하며, 나의 생각을 정리하는 고통스러운 시간을 거쳐야 한다.

　대학 수업 마지막 시간은 한 학기 동안 배운 모든 개념을 엮어서 짧은 글을 써야 한다. 글로 써서 정리하지 않으면 수많은 개념들이 파편처럼 흩어져버린다. 결국 읽기는 쓰기로, 쓰기는 다시 읽기로 선순환되는 과정에서 내 몸이 노동을 하는 시간이 필요하다. 고통스러운 노동, 몸이 관여하는 정리의 시간을 갖지 않으면 읽은 책은 기억의 저편으로 사라진다.

　읽는 순간 깊은 감동을 받았어도 그 흔적을 기록해놓지 않으면 다 날아가버린다. 기록하는 수고스러운 노동의 시간만큼 글짓기의 기적은 가능성의 상태로 내 몸에 축적된다. 축적된 기록이 어느 순간 몸 밖의 부름을 받고 폭발적으로 튀어나올 수도 있다. 이런 점에서 궁극적으로 읽기는 쓰기이자 실천이며 내 삶을 바꾸는 혁명이다.

읽기는 한 인간이 특정한 공간에서 사투를 벌이며 보낸 시간을 읽어내는 것이다. 텍스트에 감춰진 작가의 의도와 문장 속에 묻어둔 의미를 발견하면 감탄하지 않을 수 없다. 우리가 잊지 말아야 할 것은 작가의 사유 체계를 따라가되 다시 내 입장에서 재구성하는 노력을 게을리해서는 안 된다는 점이다.

철학자들도 따지고 보면 이전 철학을 해부하는 사람이다. 그들은 책을 읽되 자신이 갖고 있는 문제의식을 풀어낼 또 다른 개념을 창조하기 위해 부단한 사유 실험을 한다. 안간힘을 쓰면서 위험한 사유 실험을 하는 와중에 자기만의 독창적인 철학이 완성되는 것이다.

그 안간힘을 쓰는 과정이 다시 읽기로 빠져들게 만들고, 그것을 글짓기로 연계하는 사람이 바로 작가다. 결국 살기와 읽기와 쓰기는 한 몸으로 맞물려 돌아간다.

"독서 이후에 독서한 바를 자기 자신에게 다시 읽어 타자의 입으로부터 들은 바나 타자의 이름하에 읽은 진실된 담론을 자기화하기 위해 글로 씁니다."

미셸 푸코Michel Foucault의 《주체의 해석학》에 나오는 말이다. 독서로 얻은 깨달음을 나의 생각으로 재구성해내지 않으면 읽은 것으로 만족하고 끝나고 만다. 보통의 삶을 자기만의 사유 체계로 해석하고 구축해가는 다양한 작가의 시선을 만날 수 있는 곳이 바로 책이라는 세계다. 모든 사람에게 하루 24시간이 주어졌지만 그 속에서 어떤 의미를 만들어내는지에 따라 천차만별의 인생사가 펼쳐진다. 바로 이 점이 내 삶도 한 권의 책으로 엮을 수 있겠다는 희망을 갖게 한다.

○ 미셸 푸코, 《주체의 해석학》, 심세광 옮김(동문선, 2007), p.387.

남다른 지식을
창조하기 위해 읽는다

앞에서도 말했다시피 읽기의 완성은 쓰기다. 쓰지 않는 읽기는 그냥 거기에 그친다. 그저 관망일 뿐이다. 의미를 파헤치며 반추하는 읽기가 아니라 수박 겉핥듯 보는 것이다. 아무리 많은 책을 읽은들 자기만족 이외에 남는 게 없다.

진짜 독서는 나에게 투영시켜 그 메시지를 숙고하고 해석한 뒤 나의 글을 쓰는 과정에서 마무리된다. 독서는 책의 마지막 페이지를 넘기면서 끝나는 것이 아니다. 진짜 독서는 그 순간부터 시작된다. 책을 읽고 다시 나의 글로 녹여내기 위한 다섯 가지 독서 방법을 알아보자.

문제의식을 발견하라

모든 책에는 저마다의 문제의식이 있다. 문제의식은 책이 탄생한 배경 뒤에 숨어 있는 작가의 콘셉트이기도 하다. 이 책을 왜 썼을까? 제목을 보고 부제를 보면 어느 정도 궁금증이 풀릴 수도 있다.

예를 들면 내가 최근에 쓴《이런 사람 만나지 마세요》는 책 띠지에 '지식생태학자 유영만 교수의 관계 에세이'라고 쓰여 있다. '인간관계 속에서 깨달은 만나지 말아야 할 사람의 유형'이라는 문제의식이 자연스럽게 수면 위로 떠오른다. 정문정의 《무례한 사람에게 웃으며 대처하는 법》은 부제가 '인생 자체는 긍정적으로, 개소리에는 단호하게!'다. 무례한 사람을 만나면서 생긴 난처한 인간관계에 어떻게 대처할 것인지를 에세이 형태로 풀어낸 책이다.

생전에는 주목받지 못했지만 사후에 세상에 알려진 작가가 많다. 포르투갈의 시인 페르난두 페소아Fernando Pessoa도 그런 작가다. 1935년 그가 고향 리스본에서 죽은 뒤 친구들이 뒤늦게 그의 방에서 원고 뭉치들이 들어 있는 커다란 궤짝을 발견했다. 그 원고들 중 하나가 바로《불안의 서》다.

"살아간다는 것은 다른 존재가 된다는 의미다. 어제 느낀 것처럼 오늘도 똑같이 느낀다면, 그것은 느낌이 불가능해졌다는 의미다. 어제처럼 오늘도 같은 느낌이라면, 그것은 느낀 것이 아니라 어제 느꼈던 것을 오늘 기억해낸 것이며, 어제는 살아 있었지만 오늘은 그렇지 않음을 의미한다. (……) 하루의 모든 내용을 칠판에서 지워내는 일, 우리 감정의 처녀성을 반복해서 부활시키는 일, 오직 그것만이 존재와 소유의 가치가 있다. 지금 밝아오는 이 아침은 이 세상 최초의 아침이다."○

페소아의 문제의식은 명예, 성공, 편리함, 번잡함 등이 인정받는 현시대에 그와 정반대되는 어둠, 모호함, 실패, 곤경, 침묵 등을 노래하는 데 있다. 차분하고 섬세하고 치밀하면서도 치열하게 느껴지는 페소아의 글을 통해 작가가 추구하는 삶의 의미를 엿볼 수 있다. 한 작가의 문제의식에 따라 세상은 더 이상 평범한 일상이 아니다. 누군가에게는 영감의 천국이고, 누군가에게는 아픈 상처를 반추하며 삶을 반성하는 거울이다.

우리가 책을 읽으며 반드시 주목해야 할 점은 작가가 문제의식을 어떤 구조와 체계로 엮어내는지다.

○   페르난두 페소아, 《불안의 서》, 배수아 옮김(봄날의책, 2014), p.185.

나의 언어로 다시 풀어내라

책을 읽으면서 습득하는 개념은 세 가지로 나눠서 생각해볼 수 있다. 첫째, 몰랐던 개념을 새롭게 습득하면 현상을 색다르게 들여다보고 해석하는 능력이 생긴다.

> "우리가 누군가의 신체 표현을 보고 '깊이가 있다, 미적인 감동을 받는다'고 할 때는 대개 그 움직임의 '분할도' 또는 '해상도'가 치밀해서 그렇습니다."

우치다 타츠루의 《소통하는 신체》에 나오는 말이다. '언어의 해상도'라는 개념을 만나는 순간 글을 읽고 나서 떠오르는 이미지의 선명도가 연상됐다. 글을 읽고 나면 무슨 글을 읽었는지 이미지가 뿌연 글이 있고 어떤 장면이 연상될 정도로 이미지가 선명하게 떠오르는 글이 있다. 그 차이는 글을 쓰는 사람이 품고 있는 개념의 명료성에서 비롯된다.

책을 쓰는 것도 결국은 내가 살아오면서 경험하고 느낀 점을 나의 언어로 풀어내는 작업이다. 내 삶을 한 권의 책으로 녹

○ 우치다 타츠루, 《소통하는 신체》, 현병호 옮김(민들레, 2019), p.126.

여내는 데 가장 필요한 재료가 내 생각을 풀어내는 개념이다. 이런 개념은 철학자들이 구축한 개념을 그대로 갖다 써도 되지만 그것을 바탕으로 색다른 개념을 창조할 수도 있다.

둘째, 상식적으로 통용되는 개념을 전혀 다른 의미로 활용함으로써 현상을 재해석할 수 있다. 예를 들면 푸코의 《주체의 해석학》에 나오는 '자기 배려'라는 개념이다. '자기 배려'는 우리가 통상적으로 말하는 배려와는 차원이 다르다. '단 한 번도 되어본 적이 없는 자기가 되기' 위해서 기존의 '자기를 포기'하는 것에 가깝다. 더 구체적으로는 '자신에게 시선을 돌리기', '자신을 점검하기', '자신을 주장하기', '자신을 해방하기', '자신을 존중하기', '자신을 돌보기'다.

자기 배려가 궁극적으로 추구하는 가치는 과거의 자신에서 벗어나 '자기에 의한 자기의 구축', 혹은 자기 자신의 '작품화'다. 오로지 나만이 창조할 수 있는 나를 작품화시키는 과정에 필요한 노력이 바로 '자기 배려'다.

셋째, 비슷한 개념의 차이를 밝혀주는 책을 만나면 혼미했던 의미가 분명하게 다가온다.

○ 미셸 푸코, 《주체의 해석학》, 심세광 옮김(동문선, 2007).

"'이해'란 가장 잘한 오해이고, '오해'란 가장 적나라한 이해다."

김소연의 《마음사전》에 나오는 말이다. 이해와 오해의 미묘한 차이를 국어사전에 나오는 개념으로 설명하지 않고 저자 특유의 감각으로 밝히는 데 묘미가 있다. 인간관계에 존재하는 이해와 오해, 관계가 경계로 바뀌기 전에 그 미묘한 차이를 극복하고 화해할 때 관계는 다시 지속될 것이다.

생각을 뒷받침하는 주장을 발견하라

문장은 관념의 산물이 아니라 체험과 신념의 합작품이다. 책을 읽으면서 만나는 놀라운 문장, 어떻게 나의 고뇌를 이렇게 절묘하게 표현할 수 있을까를 생각하다 보면 입이 다물어지지 않는다.

책을 읽으면서 나는 우선 마음에 드는 문장에 밑줄을 치고, 더욱 공감이 가는 문장에는 형광펜으로 색을 칠한 뒤, 그 페이지에 포스트잇을 형형색색으로 붙여둔다. 책을 다 읽고 나면 밑줄 친 문장만 따로 워드 문서로 기록해서 독서 노트 폴더에 주제별로 보관한다.

물론 순전히 내 생각(사실 어디까지 내 생각인지는 잘 모르지만)으로만 글을 쓸 수도 있다. 하지만 책을 쓰는 것은 보통의 내공이 아니면 힘들다. 한 가지 주제를 온전히 내 생각과 경험만으로 쓰는 게 쉬운 일이 아니다. 이때 내 생각을 논리적으로 뒷받침해주거나 심화시켜줄 다른 사람의 주장을 참고하거나 인용할 수 있다.

참고 문헌이 많은 사람은 그만큼 책을 풍성하게 쓸 수 있다. 꽉 막혔던 사고의 물꼬가 터지기도 한다. 생각해서 글이 나오기도 하지만 글이 새로운 생각을 불러와 문장으로 이어지기도 한다.

"지금 읽는 이 문장이 당신의 미래를 결정할 것이다. 아름다운 문장을 읽으면 당신은 어쩔 수 없이 아름다운 사람이 된다."○

○ 김연수, 《우리가 보낸 순간, 시》(마음산책, 2010), p.287.

김연수의 《우리가 보낸 순간, 시》에 나오는 멋진 말이다. 책을 읽어야 된다고 논리적으로 주장하기보다 이런 문장을 인용하면서 책을 읽는 사람과 읽지 않는 사람의 차이를 말한다면 더 이상의 반론이 없을 것이다. 아름다운 사람이 되려면 결국 아름다운 문장을 품고 있는 책을 읽어야 한다는 주장을 어떤 독자가 공감하지 않겠는가.

책을 읽음으로써 얻을 수 있는 가장 소중한 혜택은 내 생각을 뒷받침해주는 문장을 만날 수 있다는 점이다. 이들 문장이 나의 자원이자 지원군이 될 수 있다.

책을 읽을 때 문장에 눈길이 가는 이유는 여러 가지가 있다. 그중 한 가지가 바로 일상에서 접하는 다양한 개념을 독특한 은유로 풀이할 때다. 은유는 겉으로 보기에는 닮지 않았지만 자세히 들여다보며 닮을 점을 찾아 둘 사이를 새로운 의미로 연결하는 사유다. 김영민 교수의 《아침에는 죽음을 생각하는 것이 좋다》에서는 '뱃살'을 다음과 같이 정의한다.

"상반신과 하반신에 걸쳐 있는 무책임한 비무장지대."○

○ 김영민, 《아침에는 죽음을 생각하는 것이 좋다》(어크로스, 2018), p.221.

뱃살을 국어사전에 나오는 대로 의미 풀이를 하기보다 뱃살과 비무장지대를 연결시켜 둘 사이에 존재하는 공통점을 찾아 놀라운 사유의 비약을 가져온다. 이렇듯 기존의 개념을 논리적으로 다시 정의하지 않고 전혀 다른 개념과 연결 지어 우리의 인식의 지평을 넓게 열어주는 것이 은유다. 그래서 나 또한 은유를 즐겨 쓰고 책을 읽을 때 신선한 자극을 주는 은유를 만나면 음미하듯 반복해서 읽고 기록한다.

작가의 남다른
생각에 접속하라

책은 사유의 보고이자 상상력의 텃밭이다. 그곳에서는 나와 다르게 살아가는 사람들이 나와 다른 환경에서 얻은 깨우침의 향연을 펼친다. 물론 비슷한 환경에서 살아가지만 일상을 바라보는 시선과 관점이 다른 경우도 많다.

생각만으로는 실체가 잡히지 않지만 생각을 언어로 표현하면 내가 무엇을 생각하고 있는지를 조금은 알 수 있다. 책을 읽고 끝낼 것이 아니라 나의 사유를 자극해서 색다른 생각의 씨앗을 발아시킨 낯선 생각을 붙잡아두어야 한다. 나만의 독서 노트를 마련해서 기록해두는 것도 좋은 방법이다. 다양한 디지털 메모장을 활용할 수도 있지만 나는 가급적 아날로그 방식으로 손을 움직여 내 사유를 자극하는 문장을 적어놓는 편이다.

좋은 문장을 필사하다 보면 작가가 품은 그리움의 숨결이 나의 뼛속까지 스며들어 혼연일체가 된다. 한바탕 뜨거운 격정이 휘몰아치기도 한다. 심장에 꽂힌 한 문장을 따라 쓰며 어느새 나는 그 속으로 젖어들고 문장은 내 속으로 들어와 요동친다.

이문재 시인의 〈사막〉이라는 시를 보면 사막에는 모래보다 모래와 모래 사이가 더 많다는 표현이 나온다.

"사막에/ 모래보다 더 많은 것이 있다/ 모래와 모래 사이다./ (……)/ 모래와 모래 사이에/ 사이가 더 많아서 모래는 사막에 사는 것이다."

사막에 가서 모래만 보고 오는 사람과 모래와 모래 사이를 보는 사람의 눈은 천지차이다. 사막 하면 모래를 연상하는 우리들에게 시인의 낯선 사유는 일종의 '죽비'다.

"내 머릿속에 들어온 오만 가지 생각 중에서 몇 가지만 수태

되어 새로운 생각으로 탄생한다. 생각은 본래 짝을 찾아 줄기차게 맞선을 보고 추파를 던지고 사랑을 나누기 때문에 부모가 정확히 누군지 모른다."◦

시어도어 젤딘Theodore Zeldin의 《인생의 발견》에 나오는 말이다. 이 문장 역시 재미있으면서 의미심장하다. 부모를 정확히 밝힐 수는 없지만 오늘도 나는 낯선 생각과 짝짓기를 시도해서 새로운 생각의 자손을 출산하기 위해 책의 바다를 항해한다.

논리 전개 방식을 배워라

문체는 오로지 그 사람의 글에서만 묻어나는 스타일이다. 모든 작가는 자기만의 글쓰기 방식이 있고 스타일이 있다. 이는 오랫동안 글을 써오면서 생각이나 느낌을 표현하는 방식을 몸으로 익힌 습관이다. 이런 점에서 문체는 작가의 지문과도 같다. 같은 지문이 없듯이 같은 문체도 없다.

◦ 시어도어 젤딘, 《인생의 발견 》, 문희경 옮김(어크로스, 2016), p.55.

책 읽기를 통해서 문체를 배울 수는 없다. 문체는 오로지 쓰기를 통해서만 드러난다. 나만의 문체, 즉 스타일은 문제의식을 갖고 일상에서 건져 올린 글감을 내 생각으로 녹여내는 무수한 훈련 끝에 만들어진다.

우리가 책 읽기를 통해 배워야 할 점은 작가마다 문장을 건축하는 방식과 논리 전개 방식이 있다는 것이다. 김훈 작가의 문체는 엄격한 사실 중심의 단문이지만 묘사력이 정밀하고 경이롭다. 니체는 문장 속에 자신의 심장을 묻어둔다. 문장을 읽는 순간 심장이 뛰고 피가 끓는다. 괴테는 장편의 서사시 속에 인생의 파노라마를 선보인다. 집중해서 읽으면 우주와 자연과 사람이 하나로 돌아가는 장엄한 파노라마가 연상된다. 니코스 카잔차키스는 물 흐르듯이 글이 흘러가지만 뜨거운 태양 볕을 받아 열기가 가득하다. 잘못 읽으면 뜨거운 열기에 데일지도 모른다.

어느 정도 모방은 가능하지만 오리지널을 능가할 수는 없다. 다만 논리를 전개하는 방식은 얼마든지 배울 수 있다.

수전 손택, 한나 아렌트, 로자 룩셈부르크, 시몬 드 보부아르, 잉게보르크 바흐만, 버지니아 울프, 조르주 상드, 프랑수아즈 사강, 실비아 플라스, 제인 오스틴. 이화경 작가가 자신이 힘들고 어려울 때 추동력이 되어준 여성 작가 열 명의 삶과 문학을 조명한 에세이가 《사랑하고 쓰고 파괴하다》이다. 작가의 청춘을 매혹시킨 열 명의 여성 작가들은 그야말로 전투적인 글쓰기를 실천한 이들이다.

"불쑥불쑥 치밀고 올라오는 불안과 채울 길 없는 결핍과 알 수 없는 갈망에 미칠 것 같았던" 서른 살에 저마다의 방식으로 세상에 도전장을 내밀고 글로 녹여냈던 여성 작가들의 치열한 흔적을 따라가는 과정에 긴장감이 감돈다. 삶이 위기에 봉착할 때마다 앞서 산 '통 큰 언니이자 선배'들을 자신의 삶에 불러들여 뜨겁게 교감한 흔적을 한 권의 책으로 남긴 기록이 바로 《사랑하고 쓰고 파괴하다》이다. 들끓는 분노와 적개심을 어떤 방식으로 표현하는지, 세상과의 불화가 발생했을 때 대응 논리를 어떻게 구상하는지를 유심히 살펴보면 작가마다 고유한 논리 전개 방식이 있음을 확인할 수 있다.

마이클 폴라니의 《개인적 지식》에서는 '발견적 열정'과 '설득적 열정'이라는 개념을 사용하여 지식 창조와 전수 과정을 풀어낸다. 발견적 열정은 개인이 현재 가지고 있는 지식수준으로 더 높은 지식 체계를 추구하는 감정적 에너지다. 설득적 열정은 보다 높은 수준의 지식을 가진 사람이 보다 낮은 수

○   이화경, 《사랑하고 쓰고 파괴하다》(행성B, 2011).
○○   마이클 폴라니, 《개인적 지식》, 표재명·김봉미 옮김(아카넷, 2001).

준의 지식을 가진 사람에게 지식 창조 욕구를 불태우게 하는 감정 에너지다. 마이클 폴라니의 발견적 열정과 설득적 열정을 배우고 가르치는 맥락에 적용하면 교수-학습 과정을 다른 관점으로 풀어내는 논리 전개 방식을 배울 수 있다.

반복되는 일상에서 만난 소재를 통해 인간관계의 깊은 통찰을 이끌어내는 논리 전개 방식은 모든 작가가 배우고 익혀야 할 글쓰기의 가장 중요한 기술이다. 글의 종류에 따라 작품의 특성을 드러내는 논리 전개 방식을 배울 수 있는 가장 확실한 방법은 다양한 분야의 책을 반복해서 읽고 거기서 배운 방식으로 내 글을 써보는 길밖에 없다. 이런 훈련을 반복하다 보면 남의 글쓰기 방식에서 나만의 글쓰기 방도를 찾아낼 가능성의 문이 열릴 것이다.

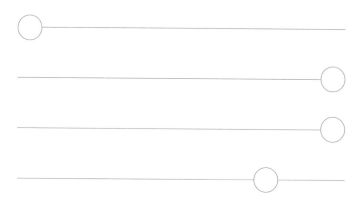

읽으면서 쓰고, 쓰면서 읽는다

나는 책을 읽을 때 우선 작가가 어떤 문제의식으로 썼는지 살펴본다. 작가의 약력을 읽어보고 제목이나 부제의 색다름에 주목한 다음, 목차를 훑으며 전체 윤곽을 그려본다.

이어서 바로 서문으로 들어간다. 서문에는 대체로 독자를 유혹하는 미끼가 들어 있다. 또 서문은 작가가 독자에게 처음으로 자신이 왜 책을 쓰게 되었는지를 고백하는 무대이기도 하다. 여기에서 책이 독자에게 사랑받을지의 여부가 결정된다. 물론 제목이 절반 이상을 좌우한다. 서문을 읽으면서 작가의 문제의식이 담긴 문장에 밑줄을 그어놓는다.

서문이 나를 유혹하는 데 성공했으면 이제 본격적으로 본문을 읽기 시작한다. 본문 속으로 파고들어가 의미의 껍질 속에 숨겨놓은 메시지를 찬찬히 곱씹어본다. 폐부를 찌르는 통찰이 담긴 문장을 만나면 당연히 밑줄을 긋고 형광펜으로 다시 옷을 입혀놓는다. 눈에 잘 띄게 하기 위해서다.

밑줄을 친 문장 중에서 오랫동안 기억하고 싶은 문장은 나만의 문장 노트에 손글씨로 적어놓는다. 진짜 부자는 '문장 부자'라고 생각한다. 문장 부자는 생각도 부자다. 문장을 꾸준히 축적해온 사람은 자신도 모르게 문장과 문장 사이에서 또 다른 문장을 만들어낸다.

하늘에서 갑자기 좋은 문장이 떨어지지 않는다. 체험은 했지만 개념이 부족하거나 개념은 있지만 체험이 없다면 둘 다 촌철살인의 문장을 지을 수 없다. 문장은 글 쓰는 사람이 단어와 단어를 수없이 떼었다 붙이면서 온갖 감정을 담아낸 고뇌의 산물이다. 인두 같은 문장을 만나면 그 문장을 쓰기 위해서 작가가 얼마나 많은 침묵과 고뇌의 시간을 보냈을지 거꾸로 생각해본다. 그리고 그 문장을 손으로 꾹꾹 눌러 쓰며 작가의 숨결을 따라가본다.

인두 같은 문장은 나의 통념을 거부하고 색다른 깨우침을 전해주는 문장이다. 또 적절하게 표현하지 못했던 느낌을 절묘하게 담아내 감탄을 불러일으키는 문장이다. 그런 문장을 만나면 밑줄을 긋고 잠시 읽기를 멈춘다. 문장 노트에 옮겨 쓴 다음에도 그 문장이 품은 속뜻을 깊이 생각해본다.

옮겨 쓰는 동안 다른 문장이 연상되거나 생각이 이어지면 바로 노트북을 열고 글로 옮긴다. 읽다가 갑자기 쓰고, 쓰다가 막히면 다시 읽는다. 다 읽은 다음에 쓰는 경우는 거의 없다. 글짓기는 발상이 아니라 연상이기 때문에 그 순간을 놓치지 않고 잡아놓는 게 중요하다.

개념과 개념을 연결하여
사유를 확장한다

어떤 문제에 봉착했을 때 내 생각만으로는 해결할 수 없다는 한계를 알면 빠른 시간 안에 다른 사람의 생각을 끌어와야 한다. 하지만 대부분의 사람은 문제와 끝까지 씨름하다가 결국은 포기해버린다. 자신의 생각만으로 문제를 해결할 수 없을 때 다른 방도를 추구하지 않으면 문제가 해결되기는커녕 악화되기만 할 뿐이다.

책 읽기는 다른 방도, 다시 말해 낯선 개념과의 부단한 접속과 내면화 과정이다. 개념을 익히고 배우면서 사유를 넓혀나가는 활동이 책을 읽는 가장 중요한 이유다. 나는 책을 다 읽고 나면 메모해놓은 개념을 모조리 타이핑해둔다. 그리고 그것을 종이에 순서대로 적은 다음 개념들 간의 논리적 관계를 생각해본다.

예를 들면 '구글 범프google bump', 사르트르의 '우발적 마주침', 들뢰즈의 '기호', '우연한 상호 행위'와 같은 개념을 책이나 신문, 또는 잡지를 읽다가 무작위로 만났다고 하자. 그대로 내버려 두면 모래알 같은 단어지만 문제의식을 갖고 이들 개념을 논리적으로 엮어 한 편의 글을 써보면, 개념을 만든 사람이나 문제의식은 다르지만 그 논리적 관계를 정리하는 과정을 통해 각각의 의미를 보다 분명하게 이해하게 된다.

구글 범프는 구글에서 식당 의자 간격을 의도적으로 좁게 만들어 자리에 앉기 위해서는 옆 사람과 부딪힐 수밖에 없게 한 마주침의 철학적 산물이다. 사르트르는 사람이 변하려면 우발적 마주침이 있어야 한다는 주장을 펼친다. 같은 맥락에서 들뢰즈의 '기호'라는 개념도 해석된다. 익숙한 현상이 반복되면 기호가 아니다. 사무실에 뱀이 들어온 사건은 기호다. 기호가 나에게 다가오는 순간 그 의미를 해석하며 이전과 다르게 생각하는 시간이 전개된다. 마지막으로 완전한 우연으로부터 중대한 발견이나 발명이 이루어진다는 '우연한 상호 행위'

역시 우발적 마주침의 산물이다.

이처럼 저마다의 개념이 문제의식을 갖고 탄생하지만 그들 사이의 논리적 관계를 따져보며 관련성을 찾으면 사유의 범위가 더욱 확장된다.

읽으면서 쓰는
독작법이 탄생한다

나는 책을 끝까지 다 읽고 나면 밑줄 친 문장마다 포스트잇을 붙여놓고 다시 읽을 때는 그 부분을 집중적으로 본다. 그리고 밑줄 친 문장을 타이핑해서 독서 노트 폴더에 저장해놓는다. 타이핑하는 동안 문장의 의미를 다시 생각해볼 수 있고 파일이 쌓일수록 참고할 자료가 풍부하니 글을 쓸 때도 물꼬를 트거나 주장을 지원해줄 자료로 활용할 수 있다. 연상 재료가 풍부한 사람일수록 글도 다양한 관점으로 뻗어나갈 가능성이 높아진다.

밑줄 친 문장과 비슷한 주장이나 상반된 의견을 펼치는 반론도 연상되는 대로 중간중간에 기입해놓는다. 예를 들면 인간관계에 관한 책을 쓰는 도중에 동일한 개념이지만 비슷하면서도 색다른 통찰력을 주는 문장을 만나는 경우가 많다.

"특별한 존재와 평범한 존재를 판가름하는 기준은 존재 자체의 가치가 아니라 관계다."○

관계가 존재의 의미와 가치를 결정한다는 장유승의《쓰레기 고서들의 반란》을 읽으면 바로 신영복 교수가 주장하는 관계가 연상된다.

"잘 알기 위해서는 서로 관계가 있어야 합니다. 아무 관계가 없다면 애초부터 알려고 하지 않습니다. 관계가 있어야 할 뿐 아니라 애정이 있어야 합니다."○○

관계에 대한 입장의 차이를 비교해보고 분석해서 내가 생각하는 인간관계로 녹여내면 읽기는 지식 창조 독서법으로 승화된다. 작가와 독자가 따로 구분되지 않고 읽기와 쓰기가 맞물려 돌아가는 작독법作讀法이 탄생하는 시점이다.

○ 장유승,《쓰레기 고서들의 반란》(글항아리, 2013), p.360.
○○ 신영복,《담론》(돌베개, 2015), p.279.

깊이 읽어야
사고가 깊어진다

———

진짜 독서는 공감이 가거나 낯선 주장을 만나 불편한 순간을 맞이할 때 읽기를 잠시 멈추고 깊이 생각해보며 의미를 곱씹어보는 것이다.

"오랜 시간 동안 나로 하여금 글을 쓰게 한 것은 무언가가 말해질 필요가 있다는 직감이었다. 말하려고 애쓰지 않으면 아예 말해지지 않을 위험이 있는 것들. 나는 스스로 중요한, 혹은 전문적인 작가라기보다는 그저 빈 곳을 메우는 사람 정도라고 생각하고 있다."○

존 버거John Berger의 《우리가 아는 모든 언어》를 읽다가 만난 문장이다. 작가의 존재 이유를 되새겨주는 문장이라 절로 숙연해진다. 특별한 명예나 상업적 이윤을 추구하는 작가들과는 차원이 다른 생각을 품고 있지 않은가. 이런 문장을 만나면 하루 종일 그 의미를 반추하며 스스로에게 질문을 던져볼 만

○ 존 버거, 《우리가 아는 모든 언어》, 김현우 옮김(열화당, 2019), p.10.

하다. 독서는 주마간산으로 훑고 지나가는 요식 행위가 아니다. 깊이 생각할 화두를 만나면 잠시 멈춰서 그 본질을 붙잡고 집요하게 파고드는 것이다.

깊이 읽지 않고 얼마나 많이 읽었는지에 초점을 둘수록 무의미한 자기 과시형 독서에 지나지 않는다. 깊이 읽는 방법 중에 하나가 리뷰를 쓰는 것이다. 나는 독서 노트에 메모된 문장을 순서대로 늘어놓고 책의 이미지를 떠올려본다. 그리고 작가가 책을 쓰게 된 문제의식과 배경을 화두로 리뷰를 쓰기 시작한다.

폐부를 찌르는 수많은 문장을 배경에 두고 시작하는 글쓰기는 생각보다 어렵지 않다. 물론 내가 읽은 책을 이미 리뷰한 다른 독자들의 감상평도 참고한다. 하지만 가장 중요한 포인트는 내가 이 책에서 얻은 통찰이다.

백지를 놓고 고민하면 머리도 백지가 되지만 백지 위에 흔적이 있으면 흔적을 배경으로 다른 흔적을 남기기 수월하다. 놀라운 연상이 시작되는 것이다. 그렇게 쓴 문장들이 연결되면 한 문단이 형성된다. 이렇게 낯선 생각과의 부단한 접속을 통해 내 생각도 성장한다.

대학원 다닐 때 영어로 쓰인 논문을 처음부터 끝까지 완역을 해보았다. 그렇게 약 30개의 논문을 직접 번역해보면서 저자의 의도와 메시지를 파고들어가 보았다. 눈으로만 읽을 때는 애매한 문장이나 모르는 단어가 나오면 그냥 지나간다. 하지만 애매한 문장이라고 그냥 지나치면 다음 문장과의 연결 관계를 통해 저자가 주장하려는 의미를 놓치고 피상적인 이해에 그치기도 한다.

이것을 방지하는 가장 강력한 읽기 방법은 눈으로 읽은 문장을 다시 손으로 옮겨 쓰는 것이다. 다른 언어로 쓰인 논문이나 책을 우리말로 번역하는 작업도 같은 목적이다. 번역을 했는데 의미가 와닿지 않으면 다시 그 문장이 포함된 문단의 첫 문장으로 돌아가 의미를 추적해봐야 한다. 그렇게 몇 번을 반복해서 왔다 갔다 하면서 문장을 썼다가 지웠다가 고치면서 비로소 한 문장을 완성하고 나면 단어와 단어로 연결되는 문장에 숨어 있던 의미가 겉으로 드러난다.

약 30개의 논문을 그렇게 통째로 번역하면서 영어 단어와 문장이 우리말의 구조와 어떻게 접속될 때 뜻이 가장 잘 전달

되는지를 몸으로 익힐 수 있었다.

우리말로 된 글이나 책도 마찬가지다. 읽으면서 손으로 옮겨 적기도 하고 깊이 생각하며 뜻을 파헤쳐보면 사유가 깊어진다. 그리고 사유한 결과를 메모했다가 밑줄 친 문장들과 연결하면서 내 생각을 추가하면 한 편의 멋진 글이 탄생한다.

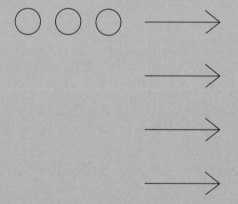

생각을 행동으로 옮기는
Practical Exercise Corner

살기와 읽기를 연결하는
10가지 구조 접속

삶이 글이 되려면 그것을 표현할 적절한 언어를 찾아야 한다. 언어가 부실하면 생각도 부실해지고 삶도 부실해진다. 책 쓰기는 나의 삶을 기록하고 그것의 사회적 의미를 따져보며 일정한 논리와 구조에 따라 엮어내는 작업이다. 그렇게 하기 위해서는 책에 나의 삶만 녹여낼 수는 없다. 다른 사람의 주장에 비추어 내 삶을 성찰해보고, 비슷한 경험을 했거나 깨달음을 얻은 사람들은 어떻게 그것을 해석하는지 비교해볼 필요가 있다. 똑같은 경험을 했어도 거기에 어떤 의미를 부여하느냐에 따라 해석이 달라지기 때문이다.

'살기'가 몸으로 겪는 직접 체험이라면 '읽기'는 앉아서 머리로 상상하며 겪는 간접 경험이다.

"책들이 바로 경험이다. 그것은 사랑이 주는 위안, 가족의 성취, 전쟁의 고통, 기억의 지혜를 입증하는 저자들의 말이다. 기쁨과 눈물, 즐거움과 고통, 모든 것이 보랏빛 의자에 앉아 책을 읽는 동안 내게 왔다. 나는 그렇게 가만히 앉아서 그토록 많은 것을 경험한 적이 없었다."

니나 상코비치Nina Sankovitch의 《혼자 책 읽는 시간》에 나오는 말이다. 경험을 아무리 많이 했어도 그것에 갇혀 있다면 우물 안의 개구리처럼 좁은 세상에서 살아갈 수밖에 없다.

'살기'가 살아내기 위해 분투노력하는 행동이라면, '읽기'는 어제와 다르게 살기 위해 사투를 벌이는 사유다. '살기'와 '읽기'는 언제나 같이 맞물려 돌아간다. '읽기'를 통해 살기는 사유가 깊어지는 삶이 되고, '살기'를 통해 읽기는 나의 관점에서 경험을 재해석하는 체험적 틀을 만들어낸다.

그러나 읽지 않고 하루하루 근근이 살아가다 근본부터 무너지는 심각한 위기를 맞이할 수도 있고, 살아내려는 애쓰기

○ 니나 상코비치, 《혼자 책 읽는 시간》, 김병화 옮김(웅진지식하우스, 2012), p.179.

없이 앉아서 책만 읽으면 관념적 사유로 채색된 무책임한 사람으로 전락할 수 있다.

경험을 드러내고 그 의미를 함께 생각해보기 위해서는 열심히 읽고 써야 한다. '살기'가 '읽기'와 만나 나중에 '짓기'로 탄생하려면 근면함과 끈기가 필요하다. 순간적으로 다가오는 느낌은 순간적으로 사라진다. 경험은 중요하지만 과거의 경험에 파묻히는 위험에서 벗어나기 위해 매일 우리는 미지의 세계로 떠나는 새로운 체험을 반복할 필요가 있다.

> "내가 할 일은 상흔의 화투판을 뒤집어엎어 날마다 나가리로 만드는 것이다. 내 자유를 보전하면서, 주변에 덜 유해한 존재로 나이 드는 방법은 아직 그것밖에 찾지 못했다."

이윤주의 《나를 견디는 시간》에 나오는 말이다. 과거의 경험이 내 몸에 남긴 흔적에서 색다른 깨우침을 얻지 못하고 어제와 똑같은 방식을 고수한다면 나는 미래로 가지 않고 과거로 퇴보하는 것이다.

읽기는 이처럼 나의 체험적 지혜조차 잘못된 신념에 근거

○ 이윤주, 《나를 견디는 시간》(행성B, 2019), p.199.

할 수 있음을 깨우쳐주는 경종이다. 나의 경험만을 우선으로 하는 어리석음에서 벗어나는 방법은 나와 다른 사람의 지혜에 부지런히 접속하는 것이다. 글을 쓸 때도 나의 경험에 매몰되지 않고 다른 사람의 경험적 통찰력에 비추어 바라볼 수 있어야 보편적인 타당성을 입증함으로써 많은 사람들에게 설득력 있게 다가간다.

여기서는 나의 열 가지 성장 체험을 바탕으로 살기와 읽기가 어떻게 긴밀하게 연결되어 있는지 1장 Practical Exercise Corner에서 언급했던 '구조 접속'에 비추어 생각해보자.

성장 체험 1:
생태학적 구조 접속으로 건강한 몸을 만들다

초등학교를 졸업하고 중학교 가기 전에 약 1년 정도 어머니와 농사를 지었다. 이때 내 신체 구조는 자연환경과의 구조 접속을 통해 그에 적합하게 진화되었다. 우선 한여름 뙤약볕은 견디기 어려워 새벽에 일어나 밭농사를 지었는데 그 덕분에 생체리듬이 새벽형으로 바뀌었다. 또 밭일을 하기 위해서는 장시간 앉아서 호미질할 수 있는 자세를 익혀야 했다. 겨울에는 산에 올라가 땔감을 마련해서 지게에 싣고 집까지 오는 일을 자주 했는데, 그때 무거운 짐이 내 어깨를 짓누르는 고통을 감내하면서 세상의 짐을 견딜 수 있는 튼실한 어깨가 만들어졌다. 이 시기는 뇌를 단련하는 공부는 거의 하지 않았다. 오히려 야생에서 몸을 움직여 체험하는, 지성보다 야성을 단련하는 생태학적 구조 접속이 일어났던 시기다.

이러한 생태학적 구조 접속으로 우리는 야성과 지성의 관계, 또는 야성 없는 지성의 극단적인 폐해를 파헤칠 수 있다. 더 정확히 말하면 건강한 몸보다 똑똑한 머리를 개발하는 데 대부분의 시간을 낭비하는 현재 교육의 문제점을 지적하고 대안을 탐색할 수 있다.

이 성장 체험을 공감 가는 글로 옮겨 쓰기 위해서는 나의 경험을 사례나 에피소드 중심으로 리스트업을 한 다음 각각의 경험을 뒷받침해주는 자료를 수집해야 한다. 놀이의 중요성을 강조하는 책이나 관련 사례는 너무 많다. 칼 융Carl Jung의 명언도 놀이를 통한 창의성 개발을 뒷받침해준다.

"창의성은 지성에서 비롯되지 않고 놀이 충동에서 나온다."

이런 주제와 관련된 필독서 중 하나가 바로 크리스 메르코

글리아노Chris Mercogliano의 《길들여지는 아이들》이다. 학교를 다니면서 우리는 점차 자연의 언어, 길들여지지 않는 야생의 언어를 잃어버리고 기성 세계가 사용하는 언어의 그물에 걸려 틀에 박힌 사유를 시작한다. 이런 자료를 바탕으로 생태학적 구조 접속의 중요성을 대안으로 내놓을 수 있다.

성장 체험 2:
이질적 구조 접속으로 새로운 가능성을 꿈꾸다

─────

생각을 바꾼다는 것은 그 사람의 삶을 바꾸는 것이다. 고등학교 때 전기용접 기능사 시험을 볼 때 용접봉을 잘못 녹여 철판에 구멍을 내고 말았다. 이왕 망친 김에 철판에 보름달만큼 더 큰 구멍을 냈는데, 나중에는 철판만 생각하면 보름달이 자동으로 연상됐다. 이 용접 실패를 통해서 얻은 깨달음은 체험적 상상력이라야 창조로 연결될 수 있다는 것이다. 체험적 상상력은 공상으로 흐르지 않고 내 삶을 변화시킬 수 있는 불굴의 의지와 만나 새로운 창조를 일으킨다.

○ 크리스 메르코글리아노, 《길들여지는 아이들》, 오필선 옮김(민들레, 2014).

상상력의 본질과 핵심은 체험적 상상력이라는 점을 드러내는 데 있다. 조앤 롤링은 하버드대학 졸업식 축사에서 진짜 상상력은 비록 내가 직접 경험해보지 않았어도 타인의 처지에 자신을 놓고 그 사람의 아픔을 가슴으로 이해하는 능력이라고 말했다. 이질적인 나의 경험과 타자의 경험이 만날 때 상상력은 시공간을 넘어 공명하기 시작한다.

성장 체험 3:
우발적 구조 접속으로 인생의 터닝 포인트를 마련하다

공고 졸업 후 나는 평택화력발전소로 발령을 받아 일찍 직장 생활을 시작했다. 처음 마주한 발전소 환경과 근무 형태로 인해 초반에는 긴장도 되고 적응이 쉽지 않았다. 그러던 어느 날 운명적인 책과의 만남이 내 삶의 터닝 포인트가 되었다. 《다시 태어난다 해도 이 길을》이라는 수기집에서 사범시험에 합격한 공고생의 수기를 발견하는 순간 눈이 번쩍 떠졌다. 대학에 가서 고시 공부를 하겠다는 불온한 꿈의 씨앗이 내 몸 속으로 날아든 중대한 사건이었다. 책과의 우발적 구조 접속이 나의 뇌리 구조를 바꿔버렸다.

여기에서는 우발적 구조 접속이 가져다주는 비가역적 변화를 주목해야 한다. 인생의 변화와 관련된 문장들을 이 부분에 인용하면서 나의 체험적 변화를 주장하면 금상첨화다.

"어느 날 한 권의 책을 읽었다. 그리고 나의 인생은 송두리째 바뀌었다."

오르한 파묵Orhan Pamuk의 《새로운 인생》에 나오는 말은 독서 전후를 비교하는 명문장이다. 책과 눈이 맞는 순간이 심장이 멎는 순간이다. 니체의 명언은 독서의 위력을 한층 드높여준다.

"인간에게는 방황하는 밤이 있을 것이다. 그 하룻밤, 그 책 한 권, 그 한 줄로 혁명이 가능해질지 모른다. 그렇다면 우리의 읽기는 무의미하지 않다."

밤이 깊어가는 줄도 모르고 책에 빠져 있다가 새벽을 맞이할 때 그 순간 나는 어제의 내가 아니다. 이런 점에서 책과의 만남은 운명을 바꾸는 만남이다. 이쯤 되면 "사람이 책을 고르

○   오르한 파묵, 《새로운 인생》, 이난아 옮김(민음사, 1999), p.9.

는 것이 아니라 책이 사람을 고르는 것"이라는 영화 〈허리케인 카터〉에 나오는 대사를 믿어도 되지 않을까.

성장 체험 4:

정신적 구조 접속이 새로운 정신을 잉태하다

———

하기 싫은 공부를 억지로 하기보다 재밌는 공부를 해야 한다. 《논어》에서도 말했듯이 남에게 보이기 위한 위인지학爲人之學을 버리고 위기지학爲己之學으로 빠져드는 길이 나를 행복하게 만들어준다. 대학 재학 당시 고시 책들을 달밤에 불살라버리고 이제 내 몸은 또 한 번의 거대한 구조 변화를 감행했다. 책 읽는 재미에 빠져 새벽 5시에 잠을 자고 9시에 일어나는 비정상적인 하루 일과를 시작했다. 거의 10년간을 그랬다. 책이 주는 다양한 정신적 자극을 탐했다. 위인지학으로 공부할 때 따르는 정신적 괴로움은 위기지학으로 공부하면서 즐거움으로 바뀌었다. 공부의 패러다임 전환이 일어난 것이다.

엄기호도 《공부 공부》에서 푸코에게 배운 자기 배려 개념

○ 엄기호, 《공부 공부》(따비, 2017).

을 활용하여 자기의 한계를 인정하고 자기를 돌보는 자기 배려의 공부가 진정한 기쁨을 주는 공부라고 강조한다.

성장 체험 5:
언어적 구조 접속이 문화적 가교가 되다

___

유학 시절, 잘 들리지 않는 영어 수업은 엄청난 스트레스였다. 거기에 영어로 매주 써내는 에세이나 논문은 난생처음 다른 나라 말로 소통하는 언어적 구조 접속의 혁명을 요구했다. 그야말로 영어와의 사투였다. 낯선 문화적 충격을 경험할 겨를도 없었다. 엄청난 시간과 노력이 필요한 일이었고, 그만큼 체력도 받쳐주어야 했다.

뇌력도 체력 없이는 불가능하다는 것을 나는 유학 시절에 깨달았다. 니체의 《차라투스트라는 이렇게 말했다》에는 신체 찬양이 가득하다.

"형제들이여, 차라리 강건한 신체에서 울려오는 음성에 귀를 기울이도록 하라. 보다 정직하며 보다 순결한 음성은 그것이다."

몸이 머리와 마음을 통제하고 지배한다는 체험적 깨달음을 뒷받침해주는 말이다. 결과적으로 영어라는 언어와의 구조 접속은 나의 체력과 뇌력을 길러주었을 뿐 아니라 영미 문학과 철학에 대한 깊은 이해를 선물해주었다.

성장 체험 6:
실천적 구조 접속이 체험적 지혜를 낳다

체험 없는 개념은 관념이다. 유학을 마치고 삼성인력개발원에서 일하는 동안 나는 관념적 지식의 무력함을 깨달았다. 현장의 구조는 나의 체험 구조를 바꿔주었으며 결국 현장과 나 사이에는 새로운 깨달음의 가교가 만들어졌다.

생각보다 생동, 관념보다 실천의 중요성을 강조하는 주장은 여러 곳에서 만날 수 있다. 나에게 실천의 중요성을 깨우쳐준 수많은 책 중에 신영복 교수의 책을 꼽지 않을 수 없다.

"책상에서는 한 가지이지만 실제로 일해 보면 열 가지도 넘

○   프리드리히 니체, 《차라투스트라는 이렇게 말했다》, 정동호 옮김(책세상, 2011), p.50.

는다…. 머리는 하나지만 손가락은 열 개나 되잖아요."°

신영복 교수의 《강의》를 읽다가 메모했던 문장이다.

경험의 중요성과 더불어 위험한 측면도 알려주는 문장을 같이 알아두면 과거의 경험에 갇혀 사는 사람에게 경종을 울릴 수 있다. 이윤주의 《나를 견디는 시간》에 나오는 통찰이다.

"경험이 인간의 시야를 넓혀준다고들 하지만 인간은 경험에 쉽게 갇히기도 한다. 시야 자체가 경험자의 한계에서 재구성되기 때문이다. 재구성을 하는 중에 신념의 아군을 모집하려는 유혹을 떨치기 어렵다."°°

성장 체험 7:
학문적 구조 접속이 앎의 지평을 확대하다

———

삼성인력개발원에서 대학으로 현장을 바꾼 시점에 본격적으로 학문적 구조 접속이 일어났다. 이제 이론적 지식과 실천적

○ 신영복, 《강의》(돌베개, 2004), p.184.
○○ 이윤주, 《나를 견디는 시간》(행성B, 2019), pp.197-198.

지혜를 버무려 미래의 직장인이 될 학생들에게 어떻게 가르칠 것인지를 진지하게 고민해야 했다. 시간이 날 때마다 교육공학을 매개로 인문적 통찰력을 더 얻기 위해 다양한 책과 논문을 읽었다. 색다른 분야와의 학문적 구조 접속을 시도하면서 글짓기도 병행했다. 어둠의 적막이 깔리기 시작하면 읽기 감각이 살아나기 시작했다. 독수리 타법으로 글을 쓰던 손가락 근육은 어느새 자판을 안 보고도 타이핑을 할 수 있을 정도로 키보드와 성공적으로 구조 접속을 하고 있었다.

체험이 다양하고 생각이 풍부해도 쓰기를 통해 겉으로 표출하지 않으면 정리가 되지 않는다. 그러나 글쓰기는 기법의 문제이기 이전에 삶을 글감으로 녹여내는 '사유하기'다. 자신을 따라 하면 한 달 만에 책 쓰기가 가능하다는 과장 광고부터 글쓰기를 기법으로 전락시키는 자기계발서가 많다. 이런 주장보다 은유의《글쓰기의 최전선》이나 장석주의《글쓰기는 스타일이다》, 고미숙의《읽고 쓴다는 것, 그 거룩함과 통쾌함에 대하여》를 읽으면서 글쓰기가 내 삶에서 왜 중요하고 존재의 본질을 건드리는 문제인지를 깨달을 수 있다.

성장 체험 8:
융합적 구조 접속이 지식 창조의 원동력이다

━━━━━

일반인이나 학생들을 가르치는 것보다 힘든 것이 대학 교수 그룹을 가르치는 것이다. 그야말로 난공불락이다. 최고의 전문성을 갖고 있다고 자타가 공인하지만 대부분 현장 체험이 없다. 전공 분야에 '학學'이 붙을수록 현장과는 오히려 거리가 멀어지는 기현상이 나타난다. 전공 지식이 세분화되고 전문화될수록 나타나는 학문적 역기능이다.

나의 전문성만으로는 넘어설 수 없는 학문적 한계를 인식하고 현장성과 실천성을 높이기 위한 융복합적 접목을 부단히 시도해야 한다. 그런 차원에서 지식 창조, 지식 경영과 생태학을 접목시켜 탄생시킨 '지식생태학'은 나만의 정체성을 드러내는 융합적 구조 접속이 아닐까.

융합적 구조 접속이 새로운 지식 창조의 원동력이 된다. 모교로 돌아와 본격적인 교수 생활을 시작하면서 나는 가르침과 배움의 본질을 고민하고 진정한 교수의 길이 무엇인지를 생각해보았다.

우치다 타츠루의 《스승은 있다》, 마이클 폴라니의 《개인적 지식》 등이 나의 이정표가 되었다. 자크 랑시에르Jacques Rancière

의 《무지한 스승》은 가르치지 않고 가르치는 묘한 교수법의 본질을 만나게 해준 책이다. 진정한 가르침은 배우려는 사람의 의지를 북돋워 스스로 길을 찾아 나서게 하는 것이라는 주장에서 색다른 깨우침을 얻었다.

모든 가르침과 배움은 언어를 매개로 일어난다. 《건반 위의 철학자》를 쓴 프랑수아 누델만François Noudelmann은 사르트르와 니체, 그리고 롤랑 바르트를 불러다 건반 위에 올려놓고 그들의 철학과 음악적 취향이 어떤 관계가 있는지를 밝힌다. 음악과 철학을 피아노 건반 위에서 만나게 함으로써 새로운 사유를 창조하고 독보적 세계관을 소유하게 한 것이다.

성장 체험 9:
한계와의 구조 접속이 경계를 뛰어넘게 하다

———

"네가 자주 가는 곳, 네 곁에 있는 사람, 네가 읽는 책이 너를 말해준다."

독일의 문호 괴테는 이런 말을 남겼다. 나를 바꾸려면 내가 자주 가는 곳에서 벗어나 다른 곳에 가봐야 하고, 내가 만나는 사람과의 관계에서 벗어나 다른 관계를 맺어야 한다는 말이다. 대학 교수에게도 그대로 적용되는 말이다. 2012년에 내가 사하라 사막 월드 마라톤에 도전한 이유도 관념적 사유가 실전에서 얼마나 무력한지를 몸소 체험하기 위해서였다.

능력의 한계는 몸으로 체험해보지 않고서는 알 수 없다. 경험의 한계는 사고의 한계를 불러온다. 사고의 한계를 뛰어넘기 위해서는 지금 살아가는 행동반경을 넓혀야 한다. 동물행동학자 야곱 폰 웩스쿨Jakob von Uexküll이 창안한 개념 '움벨트Umwelt'가 이를 뒷받침한다. 예를 들면 내가 평생 성남 분당에서 벗어나지 않고 살아가면 나의 움벨트는 분당으로 한정된다. 이런 점을 보여주는 책이 바로 알렉산드라 호로비츠Alexandra Horowitz의 《관찰의 인문학》이다. 이 책에서는 동일한 거리를 직업이 다양한 사람이 산책하면서 저마다 눈에 보이는 감각적 경험 세계의 다른 측면을 보여준다.

경험의 덫에 걸리는 이유는 이전과 다른 경험을 해보지 않고 기존의 경험적 틀에 비추어 새로운 경험을 해석하려는 관성적 사고 때문이다.

창작은 색다른 체험과 남다른 개념이 만날 때 일어나는 스파크다. 하늘 아래 새로운 것은 없다. 개념은 또 다른 개념과 우발적으로 접속하면서 생각지도 못한 개념을 잉태한다. 창조의 가능성은 무한대다.

"어설픈 시인은 흉내 내고 노련한 시인은 훔친다. 형편없는 시인은 훔쳐온 것들을 훼손하지만 훌륭한 시인은 그것들로 훨씬 더 멋진 작품을, 적어도 전혀 다른 작품을 만들어낸다."

T. S. 엘리엇의 말이다. 이 분야의 고전은 《훔쳐라, 아티스트처럼》이다. 여기 나오는 "세상에 오리지널은 없다. 모든 창작은 뒤섞은 것이다." 라는 문장은 모든 창작자가 명심해야 될 경구가 아닐까. 창의성은 개인의 문제가 아니라 상황의 문제라는 주장에 관심이 있다면 김경일의 《창의성이 없는 게 아니라 꺼내지 못하는 것입니다》를 참고해보길 바란다.

○ 오스틴 클레온, 《훔쳐라, 아티스트처럼》, 노진희 옮김(중앙북스, 2013), p.9.

책 쓰기는
애쓰기다

3장

글은 삶이 남긴 얼룩과 무늬다

짓기

글짓기는 집을 짓는 과정과 매우 유사하다. 집을 지을 때 벽돌과 나무, 모래와 시멘트 등 각종 건축자재가 필요하듯, 글짓기에도 짓기에 사용되는 글감이 필요하다. 글감이 있는 사람은 글짓기를 시작할 수 있지만 글감이 없는 사람은 글짓기를 시작할 수 없다.

글감은 그 사람이 살아오면서 겪은 희로애락, 다양한 인간관계 속에서 깨달은 지혜, 책과 영화 등에서 얻은 모든 경험이다. 1장의 '살기'와 2장의 '읽기'의 산물이 3장에서는 글짓기의 글감으로 용해될 것이다.

글짓기나 집짓기는 벼락치기로 해낼 수 없다. 절차와 오랜 시간이 필요하다. 밥 짓기만 하더라도 절차가 있다. 쌀을 씻어서 적당하게 물을 맞추어야 하고, 일정 시간 가열한 뒤 온도를 낮춰서 뜸을 들이는 시간이 필요하다.

집을 잘 지으려면 건축 기술이 필요하듯 글을 잘 짓기 위해서도 기술이 필요하다. 다만 글짓기 기술은 글감이 있는 사람에게만 효용 가치가 있다.

글짓기를 할 때는 적확한 단어를 사용하여 문장을 건축하는 기술이 필요하다. 단어와 단어의 관계를 따져보고, 어떤 동사를 사용하여 감정을 제대로 전달할지 무수히 고민한 뒤에 비로소 한 문장이 내 몸 밖으로 나온다. 그렇게 몸 밖으로 나온 문장이 또 다른 문장을 불러온다. 이렇게 쓰다 보면 내가 살아오면서 오감으로 받아들인 감각적 추억들이 하나씩 실에 꿰어 나오듯 문장의 실타래가 풀리기 시작한다. 거기에 한 사람의 삶이 오롯이 담긴다.

살갗을 파고드는 글이라야
감동을 준다

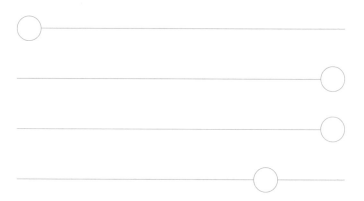

글을 쓰라고 하면 쓸 게 없다고 하는 사람이 많다. 쓸 게 없는 것이 아니라 글로 쓸 생각이 없는 것이다. 글에는 그 사람의 고유한 삶의 족적이 담긴다. 어떻게 살면 쓸모 있는 삶이고 어떻게 살면 쓸모없는 삶이 되는지는 다른 사람이 결정할 수 없다. 내 삶의 의미와 가치를 판단하는 주체는 오로지 나다.

남들이 자기 기준에 따라 내 삶을 평가할 수는 있다. 하지만 그 평가를 받아들일지는 전적으로 나의 주관과 신념에 달려 있다. 상대가 판단하기에 그다지 가치가 없다고 생각하더라도 나에게는 색다른 가능성의 문을 여는 결정적 계기가 될 수도 있다.

글에는 한 사람의 삶이 고스란히 담긴다. 한 사람의 삶이 글에 담기는 과정에서 매 순간 경험하는 일들은 글감으로 쓰인다. 삶을 글로 엮는 재료는 단어다. 사고가 단절되는 이유는 그것을 표현하는 단어가 부실하기 때문이다.

단어에서 그 사람의 냄새가 난다는 니체의 표현도 있듯이 그 사람의 글에는 그 사람의 향기가 묻어나야 한다. 그런 차원에서 문체는 그 사람의 삶이 만든 역사적 축적물이라 할 수 있다. 괴테를 대신해 니체가 쓸 수 없다. 사르트르를 대신해 톨스토이가 쓸 수 없다. 저마다의 고단한 삶을 글에 투영시켜 자기만의 언어로 지어내는 문장이 작가의 격을 높인다. 문체는 작가의 심장이자 영혼이며, DNA처럼 고유한 상징이다.

문장은 명사가 주어나 목적어로 작용하고, 동사나 형용사가 서술어로 작용한다. 형용사는 부사와 함께 주어나 목적어, 그리고 서술어를 꾸며주는 역할도 한다. 문장 짓기는 저마다의 사연을 품은 단어들을 적재적소에 배치하여 하나의 집을 짓는 것과 같다. 단어들이 모여 앉아 저마다 품은 세월의 무게를 재고 있다. 내리막길에서 겪은 절망, 밑바닥을 기어 다니며 겪은 좌절, 혼돈 속에서 정처 없이 떠돌아다니던 방황이 어느 순간 삶의 방향을 잡아준 원동력이 된다.

각각의 사연을 품고 삶의 무게를 온몸으로 견뎌온 단어들이 서로 끌어안고 위로를 건넨다. 절망과 좌절, 실패와 방황, 시련과 고독, 고통과 가난과 우울이 모여 앉아 지나온 삶의 무게를 잰다. 헐벗고 굶주린 저 많은 단어의 무게가 내 인생의 무게다.

"몇 줄을 쓴 다음엔 단어들이 다시 자신들이 속한 언어 생명체 안으로 미끄러져 들어가게 내버려둔다. 그러면 거기에서 한 무리의 다른 단어들이 그 말을 알아보고 맞아준다. 그들 사이에 의미의 유사함, 반대 의미, 비유, 운율이나 리듬 같은 것들이 생겨난다. 나는 그들이 나누는 담소에 귀를 기울인다."

존 버거의 《우리가 아는 모든 언어》에 나오는 말이다. 단어들이 담소를 나누는 모습이 그려지면서 나도 모르게 웃음이 나온다. 이렇게 문장은 단어들의 각축전으로 서서히 모습을

○ 존 버거, 《우리가 아는 모든 언어》, 김현우 옮김(열화당, 2017), pp.10-11.

갖춰가고, 그 문장과 다른 문장이 이어지면서 글이 점차 완성되어간다.

모든 문장의 재료는 단어지만 단어와 단어를 연결시키는 접착제는 저자의 깊은 사색과 고뇌에 찬 결단이다. 사색의 강에서 노니는 생각의 재료들이 단어와 만나 절묘하게 궁합이 맞을 때 아름다운 문장이 탄생한다.

문장을 건축하는 일은 문장 건축가가 단어 선택과 배치, 기존 단어와의 조화와 연결 관계를 고민하면서 한 줄 한 줄 만들어가는 일이다. 같은 생각도 어떤 단어로 연결되느냐에 따라 전혀 다르게 다가온다.

나의 삶을 나만의 언어로 번역하는 과정이 글짓기다. 부실한 삶을 살았다고 글짓기도 부실하다는 생각은 버려야 한다. 모든 삶은 그 자체가 기적이며 경이로운 역사다. 사소한 일이라고 할지라도 내 삶의 역사를 구성하는 의미심장한 사건이 될 수 있다. 사소함을 어떤 생각의 틀로 해석해내느냐에 따라 색다른 의미 체계로 재구성해낼 수 있기 때문이다.

하지만 내 몸에 각인된 느낌과 감정, 생각과 사고를 언어로 번역하는 과정은 쉽지 않다. 내가 생각하고 느낀 점을 고스란히 담아내는 언어를 선택하기도 어려울 뿐만 아니라, 그런 단어를 모두 습득하고 있지도 않기 때문이다. 그러나 살면서 겪은 일들을 나만의 언어로 재진술하지 못하면 내 생각은 남의 언어와 사고에 종속된다. 내가 살아가고 있지만 내 삶이 아닌 것이다.

하이데거도 "언어는 존재의 집"이라고 하지 않았던가. 니체도 "사람은 개념으로 집을 짓고 살아간다."라고 했다. 내가 어떤 언어와 개념으로 집을 짓는지에 따라 그 속에서 살아가는 존재의 성격과 본질도 바뀐다.

내가 쓰는 것이
곧 내 자신이다

글쓰기는 내가 쓰는 것을 쓰는 것이다. 여기서 '쓰는 것'은 사용하는 물건과 글을 쓰는 행위를 의미한다. 내가 평소에 무엇을 사용하는지가 나의 삶을 결정하고 그것이 내가 쓰는 글의 성격과 방향을 결정한다.

내가 주로 쓰는 도구가 축구공이라면 나는 하루 종일 어떻게 하면 축구를 잘할 것인지를 생각하고, 그를 위해 당장 무엇을 할지 결정한다. 내가 쓰는 도구와 재료가 용접기와 철판, 용접봉이라면 나는 하루 종일 용접을 잘하는 방법으로 골머리를 앓을 것이다.

내가 만약 피아니스트라면 하루 종일 피아노 앞에 앉아서 악보와 씨름하고 피아노를 연습할 것이다. 나에게 피아노는 악기가 아니라 활기를 북돋는 동반자다.

"내가 쓰는 것이 곧 내 자신이다."

미셸 드 몽테뉴의 명언이다. 쓰는 걸 바꾸지 않으면 쓰는 글도 바뀌지 않는다. 글짓기는 짓는 방법을 배워서 글이 나오는 게 아니라 삶을 바라보는 관점에서 나온다. 그런 차원에서 글짓기는 쓰기가 아니라 보기다. 삶에 의미를 부여해서 익숙한 일상을 낯설게 바라보는 시선이 필요하다.

글을 쓴다는 건 사는 문제와 분리시켜 생각할 수 없다. 처절한 삶이 없는 건조한 글은 지루하다. 치열한 고민 끝에 몸으로 뽑아낸 문장에는 관념의 거품이 들어설 자리가 없다. 삶의 엑기스가 농축되어 탄생한 문장이기에 함부로 읽기도 겁난다. 진정성으로 무장한 문장에는 꾸밈으로 포장하거나 거짓으로 위장할 여력이 없다.

내 삶의 한계를 넘어서는
글은 쓸 수 없다

─────────

우리는 오늘도 저마다의 위치에서 어제와 다른 삶을 살아내기 위해 발버둥을 치고 있다. 전쟁과도 같은 하루를 보내면서 하루를 살아냈다는 안도감과 함께 불확실한 미래에 대한 불안감을 함께 느끼며 하루를 마감한다. 그렇게 살아내는 순간순간의 누적이 한평생을 만들어간다.

그런 삶을 굳이 글로 기록하려는 이유는 내가 어떤 삶을 살아가는지 알기 위해서다. 앞으로 살아갈 미래에 대한 구상이 설 수도 있다.

"대체로 내 삶을 이해하고 버텨내기 위해 쓰인 글들이어서 내 글의 시야는 넓지 않고, 살아낸 깊이만큼만 쓸 수 있는 것이 글이므로 나의 책이란 결국 나의 한계를 모아놓은 것에 불과하다는 것을 안다."

신형철의 《슬픔을 공부하는 슬픔》에 나오는 말이다. 내 경

○ 신형철, 《슬픔을 공부하는 슬픔》(한겨레출판, 2018), p.9.

험의 뒤안길을 따라가보는 이유도 나의 한계가 어디인지 생각하는 시간을 갖기 위해서다. 나의 책과 마찬가지로 나의 글도 나의 한계를 넘어설 수 없다. 이런 점에서 니체의 일갈은 의미심장하다.

"극복해낸 것에 대해서만 말해야 한다."

니체의 《인간적인 너무나 인간적인》에 나오는 말이다. 글짓기의 재료는 우리가 매일 살아가는 삶에서 얻는다. 삶이 없다면 글도 없다. 따라서 글짓기 이전에 어떤 삶을 살아야 할지를 먼저 고민해야 한다. 자기 삶을 능가하는 글을 쓸 수 없다. 삶을 바꾸지 않고 글을 바꾸기는 어렵다.

내가 쓴 글을 나를 잘 아는 가까운 친구가 본다고 생각할 때 나는 거짓말을 쓸 수 없다. 내가 살아온 삶을 그대로 글로 전환하지 않고 위장하거나 꾸미기 시작할 때 진정성은 찾아보기 힘들 것이다.

○ 프리드리히 니체, 《인간적인 너무나 인간적인》(2), 김미기 옮김(책세상, 2002), p.9.

체험으로 녹여낸 글만이
독자의 몸을 관통한다

────────

시행착오를 글로 옮겨 적으면서 우리는 다시는 그런 삶을 반복하지 말아야겠다는 결의를 다진다. 살아온 삶을 반영했던 글이 다시 살아갈 방향을 결정하는 선순환이 이루어지는 것이다. 이런 점에서 글짓기는 자신과의 약속이 되기도 한다.

글짓기는 정신노동이 아니다. 오히려 삶에서 멀어지지 않으려고 안간힘을 쓰는 육체노동이다. 다르게 살아내기 위한 사생결단이며 분투노력이다. 몸으로 쓴 글만이 삶과 맞닿아 있고, 독자의 몸을 관통하는 글이 된다. 마찬가지로 글은 눈으로 읽는다고 생각하지만 사실은 몸으로 읽는 것이다. 글이 독자의 몸을 관통할 때 전율하는 깨달음이 몸에 각인된다. 몸으로 쓴 글만이 몸을 움직이게 만들고 느끼게 한다.

나의 글은
내가 살아온 길이다

────────

삶과 무관하게 글을 쓸 수도 있지만 그런 글은 독자와 공감하기 어렵다. 글과 삶은 하나다. 글을 잘 쓰기 위해서는 잘 살아야 한다. 그 사람만이 쓸 수 있는 글, 자기다운 색깔이 드러나는 글, 삶을 그대로 담아내는 글짓기가 진짜 글이고 글짓기다.

영화 〈남한산성〉에서 뇌리를 떠나지 않는 명대사가 있다. 이조판서 최명길이 남긴 말이다.

"신의 문서는 '글'이 아니라 '길'이옵니다. 전하께서 밟고 걸어가셔야 할 길이옵니다."

나에게도 글은 역시 길이다. 나의 글에는 내가 살아온 길이 있고, 살아갈 길도 있으며, 살아가야만 하는 길도 있다. 글과 길, 그리고 삶은 하나다. 그래서 그 사람의 글을 보면 그 사람이 걸어가는 길이 보이고 삶이 보인다. 글과 길과 삶은 따로 노는 객체가 아니라 함께 어울려 돌아가는 삼위일체다. 어떻게 살아갈지를 고민하지 않고 글 쓰는 기법만 가르치는 글짓기 과정은 무의미하다. 어떻게든 살아가기 위해 안간힘을 쓰는 노력이 그 사람의 글이 된다. 글짓기는 그래서 애쓰기다.

글짓기는 내 생각을 녹여내는 사고의 과정이다. 글을 바꾸려면 생각을 바꾸어야 하고 생각을 바꾸려면 삶을 바꾸어야 한다. 글은 삶에 대한 사색과 해석의 산물이 되어야 한다.

157

누구나 다 저마다의 삶이 있다. 아침에 일어나 낮에 활동하고 저녁에는 집에 들어가 밤을 보내고 새벽을 맞이한다. 다 똑같이 24시간을 보내지만 그 시간에 누구와 어디서 무엇을 하는지는 다르다. 웃지 못할 해프닝이 벌어지기도 하고 기대와는 정반대로 대책 없는 일이 벌어지기도 한다. 중요한 건 내 경험에 의미를 부여해서 어떻게 해석하는지에 따라 전혀 다른 경험으로 부각된다는 사실이다.

내 삶이 곧
나의 메시지다

경험이 의미를 가지려면 경험을 해석하는 나만의 관점이나 신념이 필요하다. 관점이나 신념은 경험이 많다고 저절로 생기지 않는다. 경험을 해석하는 이론적 틀이나 세계관은 경험의 산물이 아니라 이성적 탐구의 결과다. 똑같은 경험을 했지만 교훈이 다른 이유는 경험을 해석하는 이론 체계가 다르기 때문이다.

예를 들면 똑같이 어떤 일에 도전하다가 실패했지만 경험을 해석하는 관점이 다르기 때문에 거기서 얻는 교훈도 다르다. 누군가에게 실패 경험은 인생에서 드러내지 말아야 할 숨기고 싶은 얼룩이다. 반면에 누군가에게는 새로운 실력을 쌓는 기회다.

이런 경험은 글감이 되지만 그것을 어떻게 해석하는지에 따라 전혀 다른 글로 거듭난다. 경험에서 배우려면 개인적 체험의 틀에 걸러 상징적 의미를 부여하거나 특정한 이론적 관점으로 재해석해야 한다. 나아가 사회구조적 관점에서 체험적 깨달음이 어떤 의미를 지니는지를 성찰해야 한다.

"내 삶이 곧 나의 메시지다."

내가 좋아하는 마하트마 간디의 말이다. 그 사람이 말하는 메시지는 삶이 농축된 결정체다. 삶을 담은 메시지를 써내면 글이 되고, 이미지로 그리면 그림이 되며, 목소리로 담아내면 노래가 된다. 모든 예술가는 자기 삶을 재료로 창작을 한다. 그들에게 삶은 예술이고 예술이 곧 삶이다. 창작의 기본은 기법이 아니라 창작자의 삶이다.

그래서 똑같은 말도 누가 전달하는지에 따라 전혀 다른 메시지로 다가온다. 간디의 말도 같은 맥락이다. 사람이 다르면 살아온 삶이 다르고 삶이 다르면 삶이 품고 있는 의미도 다르기 때문이다. 삶을 녹여서 쓰는 글이 길이 되는 이유는 그 사람만이 걸어오고 걸어갈 길이기 때문이다. 삶이 곧 메시지인 이유는 자신만의 독특한 언어로 녹여내기 때문이다. 간디가 사용하는 '비폭력'과 체 게바라가 사용하는 '혁명'이라는 단어에도 그들의 삶이 녹아 있다. 그들의 열정과 혼, 인격과 철학이 스며 있기 때문이다.

쓰지 않으면
영원히 쓸 수 없다

글짓기를 시작하는 유일한 방법은 지금 당장 쓰는 것이다. 물론 마음을 가다듬을 시간도 필요하고 글 짓는 도구도 필요하다. 글감도 준비해야 되고 무슨 메시지를 전달할 것인지도 사전에 생각해야 한다. 일단 쓰기 시작하면 남에게 창피당하지 않을 정도는 돼야 한다. 글짓기를 목전에 두고 시작하려는 내 마음에 찬물을 끼얹는 방해꾼들도 즐비하다. 혹시나 미천한 내 생각이 고스란히 드러나는 글을 누군가 볼까 봐 두렵다. 이런저런 복잡한 생각도 여기에 한몫을 한다.

하지만 이런 방해꾼들을 물리치는 가장 확실한 방법은 일단 생각나는 대로 써보는 것이다. 생각이 밖으로 나와 글로 표현되는 순간 내 생각의 실체나 본질이 밝혀진다. 글을 쓰는 일은 부표처럼 떠돌아다니던 생각을 붙잡아 논리적 구조로 정리하는 일이다.

이에 글짓기를 가로막는 일곱 가지 방해꾼을 먼저 살펴보고 이들을 물리치고 글짓기를 시작하는 방법을 알아보기로 하자. 여기서 언급한 방해꾼은 글짓기에 대한 통념이나 고정관념이다.

영감이 오면 쓰는 게 아니라
쓰다 보면 영감이 달려온다

생각이 있어야 쓰는 게 아니라 쓰다 보면 생각이 난다. 생각이 없어서 글이 써지지 않는 게 아니라 생각이 너무 많거나 정리되지 않아서 글이 안 써지는 경우가 더 많다.

생각을 정리하는 가장 확실한 방법은 생각을 겉으로 끄집어내서 글이나 그림, 또는 어떤 관계도로 표현해보는 것이다. 그렇지 않고 생각만 거듭하면 글은 하나도 못 쓰고 결국 백지만 하염없이 들여다보고 있을 것이다. 그러니 영감이 올 때까지 기다리지 말고 일단 생각나는 대로 써보자. 우선 한 줄을 쓰면 그 한 줄이 다음 문장을 데려온다. 그러나 쓰지 않고 생각하는 시간이 많을수록 글을 쓸 확률도 그만큼 낮아진다. 완벽한 글을 기다리는 동안 완벽하게 글을 쓰지 못하는 것이다.

복잡한 생각은 글로 옮겨야 단순해지고 불분명한 생각도 글로 번역해야 명료해진다. 단순하고 명료해진 생각은 다음 생각을 불러온다. 그렇게 꾸역꾸역 글은 문장을 갖추고 한 문단에서 한 페이지를 넘기며 행렬을 계속 이어간다.

꽉 막혔던 생각 창고에 한줄기 빛이 들어가면서 관련된 이야기가 씨줄과 날줄로 엮여 직조되는 체험은 써보지 않고서는 느낄 수 없다. 우선 펜을 들어라. 자판을 두드리기 시작해라. 두드리면 문이 활짝 열릴 것이다.

읽은 후에 쓰는 게 아니라
읽으면서 쓴다

———

남들보다 책을 빨리 쓰는 비결은 지금 쓰고 있는 글의 주제와 관련된 책을 읽다가 영감이 떠오르면 서슴지 않고 쓰는 것이다. 독후감讀後感이 아니라 독중감讀中感이라고나 할까. 글감은 영감과 함께 다가오지만 영감은 순식간에 도망가버린다. 그 순간을 놓치지 않고 잡아두어야 한다. 그 내용이 어디에 들어갈지, 어떤 내용으로 편집해서 다른 글과 합칠지는 나중에 고민해도 된다.

그렇게 읽다가 쓰고, 쓰다가 또 읽는다. 읽기가 끝난 다음 쓰는 게 아니라 읽으면서 갑자기 다가오는 아이디어는 행간에 메모를 해두거나 별도의 노트에 기록해둔다. 단편적인 메모를 어떤 방식으로 구조화시켜 한 편의 글을 완성할지는 나중에 가면 떠오른다.

이렇듯 읽기와 쓰기의 병행은 서로를 도와준다. 읽어야 쓸 수 있고 써야 읽을 게 생긴다.

"책 읽기와 글짓기는 서로 물고 물리는 관계다."

한근태 교수의 《당신이 누구인지 책으로 증명하라》에 나오는 말이다. 읽기만 하고 쓰지 않으면 안 읽은 것만 못하고, 쓰기만 하고 읽지 않으면 편협한 사고의 배설물에 지나지 않는다.

○   한근태, 《당신이 누구인지 책으로 증명하라》(클라우드나인, 2019), p.135.

책은 제목과 목차, 그리고 본문으로 구성된다. 순서대로 따지면 책의 제목이 가장 먼저 눈에 띄고, 그다음 책장을 넘기면 목차가 나오며, 목차 순서대로 본문 내용이 펼쳐진다. 그럼 책을 쓰는 순서도 제목을 결정한 다음 목차를 정하고 목차 순서대로 내용을 기술하면 되는가? 그럴 수도 있고 그렇지 않을 수도 있다. 왜냐하면 책을 쓰기 전에 어렴풋하게 주제는 떠오르지만 시기상조인 경우가 많다. 제목은 결정 못 했지만 무슨 메시지를 담고 싶은지 먼저 구상할 때도 있다.

목차 역시 하위 주제가 서서히 모습을 드러내는 경우가 더 많다. 초기에 생각이 떠오르는 대로 하위 주제를 정한 다음 글을 쓰다 보면 나중에 더 좋은 생각도 떠오른다. 하위 주제의 순서나 전체 윤곽도 글을 써내려가면서 정리된다.

맨땅에 헤딩하면 아프다. 뭔가 조금이라도 써놓고 뼈대를 만든 다음 거기에 살을 붙여나가다 보면 더 멋진 골조가 드러날 것이다.

논리적 사고나 직관이 뛰어난 작가는 처음부터 프레임을 짜고 시작할 것이다. 하지만 대부분의 초보 작가는 그런 능력이 부족하다. 이럴 때는 생각나는 것부터 우선 쓰기 시작하고 중간중간 구조를 짓는 훈련이 필요하다.

알아서 쓰는 게 아니라
쓰면서 알게 되는 것이다

─────

아무리 공부를 많이 하고 책을 많이 읽어도 내 생각을 글로 쓰지 않으면 내 것이 되지 못한다. 비록 불완전한 앎이라고 할지라도 써봐야 어디가 부실한지 깨달을 수 있다.

흔히 책을 쓰려면 해당 분야에 대해 어느 정도 알아야 한다고 생각한다. 맞는 말이다. 모르고는 쓸 수 없다. 하지만 얼마나 알아야 쓸 수 있는지는 아무도 모른다. 내가 제안하는 한 가지 답은 어느 정도 감이 잡히면 쓰기 시작하라는 것이다.

쓰면 모르는 게 뭔지 알게 된다. 모르는 걸 알면 무엇을 더 공부해야 할지 알 수 있다. 무지를 깨닫는 순간, 무지를 극복하기 위한 공부가 시작된다. 알던 것도 쓰기 시작하면 더 정확하게 정리된다.

몰라서 책을 못 쓰는 게 아니라 안 써서 모르는 것이다. 실제로 책 한 권을 탈고하고 나면 알았던 것은 더 정확하게 알게 되고 몰랐던 것은 새롭게 배우게 된다. 쓰는 것 자체가 엄청난 공부가 되는 것이다.

공감한 것만 쓰는 게 아니라
쓰다 보면 공감하게 된다

내가 공감하는 이야기만 쓰거나 내가 공감할 수 있는 책만 읽으면 우리는 이전보다 나아지지 않는다. 나와 다른 분야를 경험하거나 나와 다른 아픔을 경험하는 사람들의 세계로 파고들어가는 작업을 의도적으로 반복해야 한다. 그것이 글짓기를 통해 공감력을 기르는 소중한 과정이다.

"다른 사람의 경험을 이해하려면, 어떤 세계 안에 들어 있는 사람의 입장에서 바라본 그 세계의 모습을 해체하여 자기 시각으로 재조립해볼 필요가 있다."

존 버거의 《제7의 인간》에 나오는 말이다. 내 안목과 시야

○ 존 버거·장 모르, 《제7의 인간》, 차미례 옮김(눈빛, 2014), p.97.

로 타자의 경험을 재단하지 말고 그 사람의 세계 속으로 들어가 그가 경험했을 법한 결핍 상태를 재현하려는 노력, 그것을 글로 쓰는 과정이 공감력을 높이는 또 다른 노력이다.

쓰지 않으면 영원히 못 쓰고 쓰면 쓸 수 있다

글을 쓰지 못하는 이유는 글을 쓰지 않기 때문이다. 글을 쓰지 않는 이유는 제각각이다. 필요성을 모르겠다는 사람도 있다. 글을 쓸 자격이 없어서 못 쓰겠다는 사람도 있다. 다른 사람이 자신의 글을 볼까 봐 창피해서 못 쓰겠다는 사람도 있다.

무엇보다 글짓기를 시작하지 못하게 막는 가장 큰 장애물 중 하나는 처음부터 잘 쓰려는 완벽주의가 아닐까. 시인 엘런 코트Ellen Kort의 〈초보자에게 주는 조언〉이라는 시는 "시작하라. 다시 또 다시 시작하라"로 시작해서 "완벽주의자가 되지 말고 경험주의자가 되어라"라는 종반부로 달려간다. 마찬가지로 글도 완벽하게 준비되어 있지 않더라도 시작하면 된다.

생각나는 주제를 잡아서 그 주제에 대한 나의 생각이나 연상되는 다른 생각을 곁들여 첫 문장을 시작한다. 글은 많이 써본 경험에서 노하우가 나온다. 써보지 않고 글짓기 책을 보거나 글짓기 강좌를 듣기만 하면 글짓기는 영원히 어려운 주제가 아닐 수 없다.

우선 내 생각을 내 방식대로 겉으로 표현하면서 연습 삼아 글을 써보자. 미성숙한 생각을 언어로 번역하는 과정은 아직 미숙하지만, 그럼에도 쓰고 나서 다시 생각하며 더 나은 표현으로 다듬어가는 게 낫다.

"쓰기 전까지는 내가 무엇을 쓸지 몰랐다."

조지 버나드 쇼의 명언을 다시 한번 기억하길 바란다.

쓴 대로 살아가며
또 쓴다

———

삶에는 내가 만난 사람이 담겨 있고, 내가 읽은 책이 들어 있으며, 내 경험이 스며들어 있다. 이런 글감이 풍부한 사람은 글을 남보다 쉽게 쓸 수 있다. 글짓기는 주지하는 바와 같이 발상이 아니라 연상이기 때문이다.

이렇게 삶을 통해서 깨달은 바를 연상을 통해 글로 쓰면 글을 쓴 대로 살아가게 된다. 이제는 삶이 글을 만들지 않고 글이 삶을 만든다.

쓴 대로 살아가지 않으면 글과 삶과 앎은 어긋나기 시작하고, 결국 글은 자기 위장의 도구로 전락하고 만다. 반대로 글대로 실천하면서 살다 보면 그 삶이 다시 글감으로 선순환된다. 작가는 살아가는 대로 글을 쓰고, 쓴 대로 살아가는 사람이다.

단어와 단어 사이에
한숨이 깊어진다

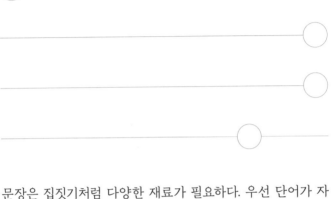

문장은 집짓기처럼 다양한 재료가 필요하다. 우선 단어가 자기 자리를 잘 찾아가 들어앉아야 한다. 자기 자리를 잘못 찾아간 단어는 다른 단어와 어울리지 못한다. 예를 들면 '비참한 자태'보다는 '비참한 몰골'이 더 어울린다. 이처럼 형용사와 명사는 어울리는 짝이 있다. 짝이 맞지 않는 단어 배치로 건축한 문장은 뒤틀리거나 무너진다. 이런 점에서 글짓기는 단어들의 짝짓기라고 할 수도 있다.

문장을 잘 짓는 일이 글을 쓰는 비결로 연결되고, 그런 글이 묶여서 한 권의 책으로 탄생한다. 시작은 문장이다. 하지만 문장을 건축하는 기술을 배운다고 바로 심금을 울리는 문장 건축이 이루어지지는 않는다. 어울리는 단어를 집어넣었다고 생각했지만 기존의 단어가 거부할 수도 있다. 나는 별로 마음에 들지 않지만 기득권을 쥐고 있는 단어가 열렬히 환영해서 자기편으로 만드는 경우도 있다. 그래서 단어와 단어 사이에서 작가의 한숨은 깊어지는 것이다.

여기서는 문장을 건축하기 위해 사용하는 여덟 가지 비밀 전략을 한번 살펴보자.

경험 반추

성공한 사례에서도 배울 점이 많지만 더 큰 공감을 불러일으키는 건 실패 사례다. 우리 모두는 저마다 실패해본 경험이 있다. 그걸 끄집어내서 왜 실패했는지, 실패를 통해서 깨달은 교훈이 무엇인지를 복기하면 다른 사람도 공감하는 문장을 건축할 수 있다.

에피소드는 글감의 중요한 원천으로 사용된다. 예를 들면 나는 트위터 자기소개란에 지식산부인과 의사라고 써놨는데, 그 때문에 임신한 여성들에게 상담 요청을 받은 적이 있다. 진짜 산부인과 의사로 착각한 것이다.

그로 얻은 교훈은 사람들은 자기가 보고 싶은 것만 본다는 것이다. 간절할수록 주변 사물이나 현상을 편견과 선입견의 안경을 끼고 바라보지는 않는지 살펴볼 일이다. 경험의 늪에 빠지지 않으려면 비슷한 경험을 반복하는 관성에서 벗어나 비슷한 일이라도 다르게 추진하는 방식을 배울 필요가 있다.

문장 인용

글을 쓰기 위해서는 문장을 만들어야 한다. 모든 문장은 단어와 단어의 조합으로 이루어진다. 똑같은 현상도 거기에 어떤 단어를 조합하느냐에 따라 다양한 표현이 가능하다. 책을 읽다 보면 심장에 강렬한 자극을 주는 문장을 만난다. 이런 문장은 무조건 별도로 메모해놓았다가 인용하면 글의 맛도 살고 내가 주장하는 문장도 힘을 받는다.

> "창작이라는 것은 본래 왼쪽에서 뛰는 심장이 시켜서 하는 일입니다."

○ 신형철, 《느낌의 공동체》(문학동네, 2011), p.189.

신형철의 《느낌의 공동체》에 나오는 말이다. 왼쪽 심장이 시켜서 하는 일이 예술이라는 발상이 특이해서 메모해두었다. 감동적인 문장은 시에서도 많이 발견된다. 주옥같은 문장으로 지은 한 채의 멋진 집이 거기에 있다.

"종소리를 더 멀리 보내기 위해서 종은 더 아파야 한다."

이문재 시인의 〈농담〉이라는 시의 일부다. 우리도 내면적으로 더 아파야 보다 많은 사람들의 마음을 울리는 글을 쓸 수 있지 않을까.

의미 변주

"생각하는 대로 살지 않으면, 사는 대로 생각하게 된다."

프랑스 문학자 폴 부르제Paul Bourget의 명언이다. 내 경험상 인간은 생각하는 대로 살기 어렵다. 그래서 이 명언을 이렇게 바꿔봤다.

"생각하는 대로 살기 어렵다. 사는 대로 생각하자."

이렇듯 다른 사람의 명언에 내 생각을 추가해서 변형하면 훌륭한 문장이 탄생할 수 있다. 파란만장波瀾萬丈이라는 사자성어를 파란문장波瀾文章으로 바꿔 책 제목으로 쓴 적이 있다. 제목에 파란만장한 삶을 산 한 사람이 남긴 한 문장, 즉 파란문장이 다른 사람의 삶에도 파란을 일으킨다는 의미를 심어두었다. 문장은 책상에 앉아서 관념적으로 조립하는 것이 아니라 고단한 인생을 살면서 온몸으로 깨달은 교훈을 감각적으로 포착해서 만들어낸 고뇌의 산물이기 때문이다.

일상 관찰

아침에 일어나 저녁에 잘 때까지 하루 일과는 언제나 틀에 박혀 있다. 만나는 사람도 한정되어 있고 출퇴근하는 길도 정해져 있다. 먹는 음식도 비슷하고 일하는 공간도 어제와 같다. 그러나 작가는 쓰레기더미에서도 쓸 이야기를 찾아내는 사람이다. 반복되는 일상도 조금만 다른 각도에서 바라보면 상상력이 자라는 텃밭이 된다.

예를 들면, 늘 내 글쓰기를 말없이 지원해주는 노트북의 날을 만들어보자. 그는 전원을 연결하기만 하면 어김없이 파란

불을 깜빡이며 키보드로 나의 손가락을 끌어당긴다. 키보드가 안내해주는 대로 자음과 모음을 조합해서 단어를 만들고, 단어와 단어를 조합해 문장을 만든다. 노트북은 이름하여 문장 건축 기계다.

퇴계가 일상에서 늘 경각심을 갖도록 좌우명으로 삼은 문구가 바로 '무불경毋不敬'이다. 세상의 모든 사물을 공경하라는 말이다. 만물을 경건하게 대하면서 그들이 나에게 전하는 메시지가 무엇인지 성찰해야 한다. 모든 만물은 저마다의 존재 이유가 있다. 달리던 차의 속도를 줄이게 하는 과속방지턱은 오늘도 무수한 차의 무게에 짓눌리면서 나에게 경고장을 날린다. 속도를 줄이라고!

언어 변주

《한겨레신문》에 연재했던 김진해 교수의 〈말글살이: '짝퉁' 시인 되기〉에서 배운 문장 건축 방법이 있다. 이 문장 건축은 틀에 박힌 언어적 관성에서 벗어나 전혀 다른 방식으로 단어와 단어를 조합한다. 특히 명사와 동사를 조합해 새로운 언어의 그물을 치며 문장을 건축한다.

시인들은 일반 사람들이 사용하는 일상적인 언어 구조를 거부한다. 그렇게 해야 몸에 새겨진 규칙에서 벗어날 수 있다. 이런 점에서 시인은 우리를 새로운 언어의 세계로 인도하는 리더다.

타성에 젖은 관습 언어에 싫증이 난다면 짝퉁 시인처럼 새로운 언어로 색다른 문장을 건축해보자. 예를 들면 머리에 떠오르는 대로 명사와 동사를 다섯 개씩 써보자. '책상, 커피, 신발, 우산, 도시락', '두드리다, 펄럭이다, 달리다, 먹다, 날다'. 이제 명사와 동사를 자유롭게 섞어 누구도 예상치 못한 문장을 만들어보자. '커피가 책상 위를 날다', '우산이 책상 위에서 도시락을 먹다', '책상이 신발을 두드리다' 식으로. 이런 단어 조합이 예상 밖의 의미심장한 문장을 건축할 수 있다.

은유 활용

겉으로 보기에는 닮지 않았지만 자세히 보면 닮은 점이 있다. 관계없는 두 단어가 관계있는 단어로 연결되면서 이전의 개념 정의가 전혀 다른 방향으로 열린다.

예를 들어 '공부는 망치다'는 은유다. 공부는 뭔가를 깨닫

177

기 위해 새로운 사실을 하나둘씩 깨우치는 정신노동이다. 이것은 국어사전에 나오는 틀에 박힌 개념 정의다. 공부에 관한 새로운 사유가 촉발되지 않는다. 공부라는 추상명사는 정의를 내려도 여전히 추상적이다.

추상명사인 '공부'와 전혀 관계없는 것처럼 보이는 보통명사 '망치'를 연결시켜 '공부는 망치다'라고 은유적 문장을 쓰면 어떻게 될까? 추상명사 '공부'가 갑자기 보통명사인 '망치'로 의미가 이전된다. 왜 공부는 망치일까?

겉으로 보기에 공부와 망치는 닮은 점이 없어 보이지만 자세히 들여다보면 닮은 점이 많다. 공부를 통해 고정관념을 깨부수듯, 망치도 어떤 것을 깨부수는 도구다. 공부가 잠들어 있는 타성을 흔들어 깨우듯, 망치도 굳어 있는 시멘트 바닥을 때려 깨부순다. 추상적인 의미가 갑자기 일상에서 접할 수 있는 구체적인 의미로 쉽게 포착되는 것이다.

재정의

문장이 식상해지는 이유는 누군가 이미 정의한 개념을 그대로 답습하기 때문이다. 그러나 기존의 정의와 다르게 개념을 정의하면 신선하게 와닿는다.

예를 들면 '교육'은 "지식과 기술 따위를 가르치며 인격을 길러줌"이라고 정의되어 있다. 그러나 기존의 개념에 나의 체험적 깨달음을 추가해서 신념을 드러내면 새로운 문장이 탄생한다. 내가 생각하는 교육은 결핍된 지식과 기술을 충족시켜 인격을 연마하는 행위가 아니다. 익숙한 세계에 머무르려는 사람에게 불편한 자극을 제공함으로써 편안했던 삶을 힘들게 만드는 '죽비'다. 교육은 소유나 습득보다 익숙한 세계로부터 떠나게 하는 비움과 버림의 개념에 가깝다.

개념 창조

나는 '학습건강전문의사'다. 기존의 전문의사라는 직업에 학습과 건강을 융합함으로써, 학습 질환을 규명하고 사전에 예방·처치·치료하는 일을 한다. 수험생은 물론 모든 학습자들이 걸리는 병의 증상과 치료 방안, 예방 조치, 학습 신약 개발에 전문적인 식견과 경험을 갖고 있다. 실제로 학습건강전문의사라는 직업이 생기면 학습병원과 학습약국을 설립하고, 학습의사와 학습약사를 별도로 양성할 수 있다.

이렇게 새로운 개념이 조합되면 거기에 걸맞은 새로운 사유가 시작된다. 한편 개념의 재조합으로도 자신의 문제의식을 표현할 수 없을 때는 새로운 개념을 창조하는 수밖에 없다. 많은 철학자가 자신만의 문제의식을 표현하기 위해 새로운 개념을 만들어냈다. 예를 들면 니체는 '아모르 파티amor fati'를 만들어 '운명애'라는 의미를 부여했고, 프랑스 철학자 베르그송은 '엘랑 비탈Elan Vital'이라는 개념을 만들어 생명이 도약하는 가운데 발생하는 질적 비약을 설명했다.

괴테와 톨스토이도 몰랐던
글짓기 비밀 기술

세상 사람들의 시선이 비껴간 곳, 사람들의 관심에서 멀어진 곳, 평범한 눈에는 보이지 않는 곳을 남다른 애정과 관심으로 찾아가 들여다보고 파헤치며 세상 밖으로 드러내는 것이 바로 글짓기다. 이러한 발견과 재탄생의 글짓기를 위해서는 우선 틀에 박힌 생각을 깨부수고 갑작스럽게 다가오는 영감을 붙잡는 나만의 기술이 필요하다.

따라서 여기에서는 괴테와 톨스토이도 몰랐던 열 가지 글짓기 비밀 기술을 소개할까 한다.

글짓기는 세탁기다

———

작가는 어디에서든 이야기를 찾아내는 발견의 전문가다. 쓸모가 있느냐 없느냐의 판단은 어떤 의도와 목적의식으로 누가 판단하는지에 따라 달라진다. 무용지용無用之用, 쓸모없음이 쓸모 있음이다.

더러운 옷이 세탁기를 통해 깨끗해지듯, 글짓기는 생각의 때를 벗겨내고 윤기 나는 생각으로 다시 태어나게 만드는 작업이다. 작가에게는 버려진 쓰레기도 영감을 자극하는 글감의 재료다. 기존 시각으로 보면 쓰레기지만 생각의 때를 벗겨내고 고정관념에서 벗어나면 색다른 영감의 원천이 된다. 그런 차원에서 글짓기는 일종의 세탁기다.

생각 세탁을 자주 해야 틀에 박힌 타성을 털어내고 탄성을 지르게 할 수 있다. 세탁기를 거치며 묵은 때를 벗고 새롭게 탄생한 글은 고유의 탄력과 향기, 빛깔을 지닌다.

글짓기는 소나기다

———

내가 쓰고 싶은 글은 어느 날 갑자기 영감을 머금고 달려온다.

그런데 영감은 땀의 결과다. 심금을 울리는 글을 쓰는 작가는 영감을 얻기 위해 낯선 곳에서의 아침을 자주 맞이한다.

언제 소나기가 올지 기상 관측을 통해 어느 정도 예측할 수는 있다. 하지만 갑자기 쏟아지는 예측 불허의 소나기도 자주 만난다. 특히 산행을 하다 보면 그런 변수를 많이 만난다. 맑은 날 출발했지만 산중턱에 다다를 즈음 갑자기 먹구름이 몰려오면서 소나기도 내리고 갑자기 우박도 쏟아질 때가 있다.

글감도 마찬가지다. 언제 나를 급습할지 모른다. 목욕하는 와중에 꼬였던 아이디어가 실타래처럼 풀리면서 갑자기 밝은 서광이 내 곁으로 다가올 때도 있다. 막히는 도로에서 앞차를 바라보다 갑자기 떠오른 영감을 녹음기로 붙잡아놓기도 한다. 부단한 육체노동과 고단한 노력을 반복하는 사람 앞에 갑자기 전광석화 같은 영감의 선물이 주어진다.

글짓기는 사진기다

글짓기는 기억하고 싶은 장면을 포착해서 영원한 추억으로 간직하려는 몸부림이다. 사진은 무수히 많은 현상 중에서 특별한 장면에 주목하고, 그 부분만 집중적으로 부각시키려는 작가의 불순한 의도가 담긴 산물이다. 내가 담고 싶은 특별한 장면을 포착하고, 거기에 나의 주관과 의도를 반영한 창작물이기도 하다. 이 결정적 장면이 글짓기의 재료이자 영감을 부르는 글감이다. 결정적인 순간은 세상에 널려 있다. 누가 어떤 눈으로 포착하느냐의 문제다.

"평생 삶의 결정적 순간을 찍으려 발버둥 쳤으나 삶의 모든 순간이 결정적인 순간이었다."

프랑스 사진작가 앙리 카르티에 브레송Henri Cartier-Bresson의 말이다. 매 순간이 결정적인 순간이다. 하찮고 사소한 일은 없다. 롤랑 바르트가 《밝은 방》에서 말한 것처럼 틀에 박힌 '스터디움studium' 방식이 아니라 특정 이미지가 느닷없이 나에게 달려오는 '푼크툼punctum'과 같다. 스터디움은 누구나 알아차릴 수 있는, 일반적으로 사회에서 공유되는 길들여진 감정이다. 이에 반해 푼크툼은 '작은 구멍', 즉 화살같이 날아와 폐부를 찌르는 낯선 자극이자 상처다. 글짓기는 스터디움의 세계에서 푼크툼의 세계로 진입하는 안간힘이다.

○ 롤랑 바르트, 《밝은 방》, 김웅권 옮김(동문선, 2006).

글짓기는 수화기다

글짓기는 내가 쓰고 싶은 말을 혼자 중얼거리는 독백이 아니다. 오히려 세상이 내게 들려주고 싶은 이야기가 무엇인지를 귀 기울여 들어보며 상기하는 작업이다.

쓰기 이전에 듣기와 읽기가 먼저다. 많이 들어본 사람이 많이 쓸 수 있고 많이 읽어본 사람이 다르게 쓸 수 있다. 귀담아듣는 사람은 들으면서 현상이나 대상에 대한 상상력을 발동시킨다. 눈여겨보는 사람은 어제와 다른 관점으로 세상을 들여다본다. 깊이 세상을 읽어내는 사람은 다른 사람의 마음도 읽어낼 수 있다.

글짓기는 스스로 무엇을 쓰고 싶은지를 귀담아들으며 문장으로 담아내는 애쓰기이기도 하다. 쓰기 이전에 내가 뭘 쓰고 싶은지 열린 마음으로 들어봐야 하는 이유다.

그런 차원에서 글짓기는 수화기다. 수화기의 질적 수준을 높이기 위해서는 청진기로 상대의 마음속 꿈틀거림을 잘 들어봐야 한다. 귀담아듣다 보면 내 글에 무엇을 담아내야 할지 알수 있을 것이다.

글짓기는 보자기다

글짓기는 자신과 타자의 아픔을 감싸 안아주는 돌봄이자 보
살핌이다. 그래서 글짓기는 보자기다. 각이 잡힌 가방 속으로
들어오라는 일방적 요구가 아니다. 오히려 내가 겪은 아픔과
타자가 직면한 고통을 덮어 씌워주며 어루만지고 위로해주는
보듬어주기다. 보자기는 철저하게 타자 지향적이다. 가방과 다
르게 내가 중심에 있지 않고 타자를 중심에 세우고 자세를 낮
춰 품어주는 미덕의 상징이다.

보자기는 펼치면 밥상을 덮어씌우는 덮개가 되고, 책과 필
기구를 싸면 책보자기가 된다. 머리에 두르기도 하고 접어서
벨트로도 쓸 수 있다. '가방에 넣다'처럼 가방은 동사의 제약이
있지만 보자기는 '싸다', '덮다', '둘러메다'처럼 무한 변신이 가
능하다. 보자기형 글짓기는 측은지심과 역지사지로 타자의 아
픔을 감지하고 그들이 원하는 바를 말해준다.

글짓기는 생채기다

세상에 나 혼자라고 생각했고 슬픔과 아픔도 모두 내 것이라

186

고 생각했다. 어제 생긴 상처에 미처 대처하기도 전에 오늘 또 다른 상처가 온몸을 휘감는다.

그림에 자신의 아픈 상처를 송두리째 드러낸 화가 프리다 칼로의 〈상처받은 사슴〉을 보면 섬뜩한 기분이 들다가도 저 사슴이 바로 힘든 인생을 살아가는 우리라고 생각하면 왠지 모를 위안도 받는다. 이렇게 상처를 겉으로 드러내놓고 이야기를 전할 때 설명할 수 없는 공명의 장이 마련된다. 글짓기가 그렇다. 저마다 겪은 아픔을 힘들게 고백하지만 그 글을 누군가 읽으며 공감해주면 자신도 모르게 위안을 받고 희망과 용기를 얻는다.

상처를 드러내는 쓰기는 정말 힘겹다. 타자의 눈이 두렵고 발가벗긴 나의 모습을 뒷수습하기 어렵기 때문이다.

"우리는 모두 시궁창에 있지만 몇몇은 별을 바라보고 있다."

오스카 와일드의 말이다. 시궁창은 우리가 살아가는 삶의 현장이다. 내가 바꿀 수 있는 것은 비참한 삶의 현장이 아니라 내 생각과 시선이다. 나는 더 이상 시궁창에 좌절하지 않고 반짝이는 별을 바라본다.

글짓기는 상처를 드러내는 행위이기도 하지만 의도적으로

멀쩡한 생각에 시비를 걸어 생채기를 내는 과정이기도 하다. 그 과정에서 우리는 각성하고 다시 태어난다.

글짓기는 본보기다

글짓기는 나를 드러내서 세상에 알리는 용기 있는 고백이다. 글을 통해 내가 다른 사람에게 본을 받을 만한 대상으로 드러날 수도 있다. 나의 경험과 체험적 교훈이 다른 사람의 삶에 한 가지 좌표나 이정표로 작용할 수도 있다.

글짓기는 자신의 경험을 토대로 다른 사람에게도 비슷한 깨달음을 선사한다는 점에서 본보기다. 나아가 대표성을 가진 본보기는 집단의 특징을 대변한다. 나의 구체적인 경험을 일반화시켜 다른 사람의 마음을 움직이는 것이다. 또 내가 놓여 있는 특수한 상황을 확대해서 들여다보면 다른 상황에서도 공통적으로 발견할 수 있는 현상을 읽어낼 수 있다. 글짓기는 나의 일상에서 본보기로 내세울 만한 특징을 찾아 보여주는 드러내기다.

글짓기는 도자기다

내가 누구인지를 알기 위해서는 나에게 질문을 던져야 한다. 세상이 원하는 내가 아니라 내가 원하는 세상을 알기 위해서는 내면을 향해 질문을 던져야 잠자고 있는 가능성들이 꿈틀거리기 시작한다. 묻고 답하며 나라는 실체에 접근하는 것이 글짓기를 통해 내가 추구하는 바다.

특유의 자태와 멋을 품은 도자기가 만들어지기까지는 세심한 주의와 지난한 공정을 거쳐야 한다. 물레가 돌아가는 회전 속도와 각도, 손으로 만지는 강도와 접촉의 방향 등 미묘한 차이가 절묘한 곡선미를 완성한다.

글짓기도 마찬가지다. 글을 쓰기 전에 전달하고 싶은 메시지와 주제를 결정하고 소재를 찾아 쓰면서 형태를 계속 다듬고 어루만져줘야 한다. 부주의나 실수로 제 모양을 갖지 못한 도자기는 과감하게 깨뜨리고 다시 원형을 제작한다. 글짓기도 작가가 의도했던 메시지나 스타일이 드러나지 않으면 지우고 다시 시작해야 한다. 번갯불에 콩 구워 먹기가 아니다. 오히려 진심과 정성을 담아 글을 수정하고 탈고하면서 해탈에 이르는 자기 수련의 과정을 거쳐야 한다.

글짓기는 뚝배기다

글이 써지려면 글감이 일정 기간 숙성되어야 한다. 뚝배기는 열을 가하면 서서히 뜨거워지고 한 번 뜨거워지면 오랫동안 뜨거움을 유지하는 속성이 있다. 글을 쓸 때도 다양한 재료들을 뚝배기 안에 집어넣고 열을 가해야 한다. 서로가 서로에게 침투하여 진한 맛이 나올 때까지 끓이는 것이다.

내가 읽었던 책, 여운이 남은 영화, 누군가와의 대화, 어떤 사람과의 우연한 마주침, 낯선 여행 등이 뚝배기 안에서 글감으로 탄생하기 위해 보글보글 끓는다. 많은 책을 읽었고, 숱한 체험을 해봤지만 겉으로 능숙하게 표현되지 못하는 이유는 무엇일까? 아직 영감을 불러일으킬 만한 글감으로 열이 가해지지 않아서다.

글짓기는 전투기다

글짓기는 시작부터 끝까지 전쟁이다. 쓸 것인지 말 것인지를 두고 싸우는 치밀한 밀당이며, 어느 정도 드러낼 것인지를 놓고 고뇌하는 눈치작전이다. 어떤 단어를 사용할지를 놓고 하루 종일 고민하는 사투이기도 하다. 그렇게 완성한 한 문장이 다행스럽게 다음 문장을 불러오면서 서서히 글의 윤곽을 잡아간다.

글짓기는 전쟁과 같은 자신의 삶을 글감으로 포착해 다른 사람에게 노출시키는 위험한 결단이기도 하다. 살아오면서 직면했던 진퇴양난의 딜레마에서 어떻게 탈출했는지, 시시각각 찾아오는 위기 상황을 어떻게 극복했는지를 독백처럼 쏟아낸다. 그 사투의 흔적을 독자가 읽어냄으로써 작가와 생각을 공유하는 것이다.

전쟁 같은 삶이 곧 전쟁 같은 글짓기의 원료로 쓰인다. 그 누구도 대신할 수 없는 나의 삶은 나 자신의 고유한 생각과 언어로 번역해내는 지난한 고통의 과정, 즉 글짓기를 통해 다시 해석되어야 한다. 니체가 "모든 고통은 해석된 고통"이라고 말했듯이, 내가 살아온 삶과 살아갈 삶을 내가 어떻게 해석해내느냐에 따라서 나의 삶은 다시 태어난다.

통념을 뒤집어야 통찰을 주는
글짓기가 가능하다

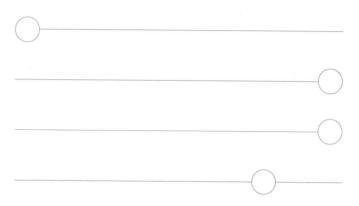

모든 작가는 "네가 버리지 못하는 유일한 문장"을 쓰는 꿈을 꾼다. 독자를 변화시키는 감동적인 글은 모두 이런 문장으로 건축된다. 공부를 많이 한 학자보다 비록 가방끈은 짧지만 격전의 현장에서 몸으로 체득한 사람의 어눌한 글이 더 감동적일 수도 있다. 알량한 지식보다 뼈저린 고통의 체험으로 건져 올린 깨달음의 글이 폐부를 찌르고 진한 감동을 전해준다. 이런 글에는 꾸밈이나 가식이 없다.

내가 살아온 과거의 이야기가 현재와 미래의 상상력을 불

○   이흰, 《너는 내가 버리지 못한 유일한 문장이다》(문학의전당, 2016).

태운다. 부실한 과거는 현재와 미래까지도 지배한다. 지나온 삶을 하나의 이야기로 엮어 글을 써야 하는 이유가 여기에 있다. 수사적 기교나 기법은 나중에 배워도 된다. 문장에 담기는 삶이 먼저다. 독자를 감동시키는 글을 어떻게 쓸 것인가? 시대가 바뀌어도 변하지 않을 열 가지 글짓기 법칙을 정리해보자.

독자는 조급하다:
두괄식으로 써라

———

서론, 본론, 결론으로 글을 쓰면 독자들은 서론을 읽다가 다 도망가고 만다. 첫 문장부터 범상치 않은 인상을 심어주고 앞으로 전개될 글이 심상치 않음을 예고해야 한다. 즉, 읽고 싶은 욕망을 부추겨야 한다.

독자는 성격이 급하다. 빨리 결론을 보고 싶어 한다. 작가가 주장하는 메시지의 핵심이 무엇인지, 그게 나하고 무슨 상관인지, 작가의 주장대로 따라 하면 나에게 어떤 이득이 있는지 알고 싶어 한다. 독자의 욕망을 건드려야 한다.

자기주장을 뒤로 감추고 논문 쓰듯 글을 쓰면 독자는 중간에 읽기를 포기할 것이다. 정작 독자가 듣고 싶은 결론은 맨 뒤에 나온다. 독자의 인내심이 거기까지 과연 유지될까? 모든 글은 기승전결 방식을 따라야 한다는 주장도 틀에 갇힌 주장일 수 있음을 간파해야 한다. 오히려 결론을 먼저 제시한 다음, 그 배경을 기술하고 반전을 거듭함으로써 독자의 감정을 승화시키는 '결기전승結起轉承'의 단계가 더 나을 수도 있다.

독자는 완고하다:
기대를 깨트려 주의를 집중시켜라

─────

"세상에서 가장 훔치고 싶은 게 있다면 연인의 마음이 아니라 시인의 영감이다. 왜냐하면 시인의 영감으로 연인의 마음도 얼마든지 훔칠 수 있기 때문이다."

고두현의 《시 읽는 CEO, 처음 시작하는 이에게》에 내가 쓴 추천사다. 독자의 마음을 훔치고 싶다면 우리에게도 시인의 영감이 필요하다. 시인은 틀 밖에서 물음을 던져 뜻밖의 깨달음을 얻는 사람이다. 모두의 예상을 깨는 영감으로 주의를 집중시킬 수 있는 글을 쓰고 싶다면, 시인의 마음으로 물구나무를 서서 세상을 관찰해야 한다. 독자는 완고하다. 그 완고함을 깨

트리고 깊이 침투하고 싶다면 예상과 기대를 망가뜨려서라도
시선을 붙잡을 필요가 있다.

독자는 육감에 약하다:
감각적으로 다가가라

———

너무 옛날 이야기를 고지고식하게 풀어놓으면 식상하다. 자화
자찬을 길게 늘어놓아도 독자는 바로 책을 덮어버린다. 자랑
이 길어질수록 너나 잘하라고 비난의 화살을 쏘아댄다. 경험
을 말하되 솔직담백하게 풀어놓아야 한다. 경험하지 않은 내
용은 자기 확신이 없고 특유의 신념이 담겨 있지 않다.

"극복해낸 것에 대해서만 말해야 한다."

니체의 말이다. 극복해낸 체험 속에는 작가 개인의 역사가
씨줄과 날줄로 엮여 있다. 곳곳에 뇌관이 숨어 있는 것이나 마
찬가지다. 그 속에 독자의 육감을 자극하는 관능적 요소도 숨

○ 프리드리히 니체, 《인간적인 너무나 인간적인》(2), 김미기 옮김(책세상, 2002), p.9.

어 있다.

노명우 교수가 김원영의 《실격당한 자들을 위한 변론》에 쓴 추천사에도 이와 비슷한 말이 나온다.

"이론과 지식으로 쓴 텍스트에는 논리적 엄밀성이 있지만, 머리가 아니라 살갗으로 파고드는 떨림이 없다."

머리로만 쓰는 사람은 몸으로 겪은 체험이 없다. 그래서 자꾸 설명하려 한다. 반대로 체험이 많은 사람은 머리로 말하지 않고 몸으로 설득하려 한다.

독자는 설득에 약하다:

감성적으로 마음을 휘저어라

———

글짓기 철칙 중 하나가 가급적 단문으로 쓰라는 것이다. 촌철살인의 지혜는 단순하지만 심오하다. 단순함은 치열함의 산물이고 복잡함은 나태함의 산물이다. 생각이 복잡하면 글도 복

○ 김원영, 《실격당한 자들을 위한 변론》(사계절, 2018), p.6.

잡해진다. 복잡한 생각을 중언부언 설명하면 머리만 아프고 가슴에 와닿지도 않는다.

글은 감동을 줘야 한다. 감동이 없는 글은 독자에게 죄악이다. 어려운 전문 용어를 동원할수록 '지식의 저주'에 걸리기 쉽다. 지식의 저주는 전문가가 비전문가의 안타까운 마음을 몰라줄 때 발생한다. 감동은 '양식'에 호소할 때보다 '상식'을 어루만져줄 때 다가온다. 감정도 마찬가지다. 슬픔은 설명하지 않고 어루만져야 독자도 비로소 이해한다. 대개 양식에 호소하는 책은 서가에 꽂혀 있고 상식을 어루만지는 책은 베스트셀러 가판대에 누워 있다.

독자는 주제 파악에 약하다: 우선 쓰면서 주제를 드러내라

주제는 글이나 책 전체를 관통하는 핵심 메시지다. 보통 우리는 글을 쓰기 전에 무엇에 관해 쓰고 싶은지를 결정한다. 주제가 결정되면 그것을 뒷받침할 만한 소재를 수집한다. 일상의 소재가 다 글감이 될 수 있지만 틀에 박힌 소재를 평범한 방식으로 나열하면 독자는 바로 싫증을 느낀다. 뒤통수를 치는 역발상을 유도하거나 상상력을 자극하는 소재를 활용하면 좋다. 동일한 소재라도 독자들에게 어떤 감동을 줄 것인지는 전적으로 글 쓰는 이의 요리 실력에 달려 있다.

주제 파악이 분명하지 않으면 글을 쓰다 방황할 수 있다. 하지만 걱정할 필요는 없다. 우선 소재를 구슬 꿰듯이 연결시켜 써 나가다 보면 자신도 모르게 글의 지도가 그려지면서 주제가 부각된다. "때로는 잘못 탄 기차가 올바른 방향으로 인도해준다."라는 파울로 코엘료Paulo Coelho의 말을 기억하라. 계속 쓰다 보면 글을 끌고 갈 주제가 주인처럼 나타날 것이다.

독자는 까다롭다:
낯선 미지의 세계로 떠나라

자기만의 문제를 갖고 있는 사람은 특유의 논리 체계와 언어를 활용하여 독자의 눈을 뜨게 한다. 주강홍 시인은 〈용접〉이라는 시에서 용접을 매개로 하여 인간적 접촉을 색다른 언어로 녹여낸다.

"상처에 상처를 덧씌우는 일이다/ 감당하지 못하는 뜨거움을 견뎌야 하는 일이다/ 한쪽을 허물고 다른 한쪽을 받아들여야 할 일이다."

용접의 속성을 이용하여 이질적 접목을 통한 새로운 창조를 말하고 있다. 나 역시 한때 용접으로 기능사 자격증을 취득한 적이 있다. 지금은 이질적 지식을 용접하는 '지식용접공Knowledge Welder'이라는 나만의 언어를 만들었다. 지식용접은 남들이 흔히 말하는 지식 융합을 나의 체험적 언어로 재해석한 개념이다.

글을 쓸 때마다 나만의 언어로 잘 표현하고 있는지를 자문해본다. 지나친 언어적 수사로 삶이 왜곡되어서는 안 된다.

독자는 속지 않는다: 오감을 자극하라

《노자老子》 45장에 보면 "대직약굴大直若屈 대교약졸大巧若拙"이라는 말이 나온다. 이 말은 큰 바름은 굽은 듯하고, 큰 기교는 서툰 듯하다는 말이다. 큰 기교가 도리어 졸렬하게 보이는 이유는 본질을 잃고 외형만 화려해졌기 때문이다. 글도 마찬가지다. 독자의 감동은 화려한 어휘력과 수사적 기교에 있는 게 아니다. 오히려 진솔한 이야기에 감동받는다. 장식을 하고 포장하는 꾸미기에 전력할 때 전하고자 하는 메시지는 공중에 흩어지고 만다.

비록 어눌한 글이라도 어디서도 볼 수 없는 작가 특유의 삶이 고스란히 드러날 때 독자는 비로소 마음의 문을 열고 작가의 스토리 속으로 스며들어간다.

독자는 식상함에 지쳐 있다:
끊임없이 공부하라

글 쓰는 사람이 공부를 게을리하면 틀에 박힌 언어를 구사하기 시작한다. 남이 이미 사용한 언어를 그대로 복사해서 사용할 뿐만 아니라 익숙한 관습적 표현을 거리낌 없이 차용한다. 따라서 작가라면 끊임없이 새로운 개념을 습득하면서 세상을 다르게 보려는 노력을 전개해야 한다.

끊임없이 공부하지 않는 작가는 타성에 젖고 나태함에 빠지기 시작한다. 작가의 표현이 식상해진다는 이야기는 그만큼 치열함이 없다는 뜻이다.

《안정효의 글쓰기 만보》에 보면 "있을 수 있는 것은 모조리 없앤다" 는 원칙이 나온다. 글을 쓸 때 '있다', '것', '수'라는 단어를 모조리 없애기만 해도 글의 활력이 생긴다는 말이다. 이런 단어를 무의식적으로 반복하는 작가는 언어 선택의 불성실함과 나태함을 드러낸다. 비슷한 맥락으로 김정선의 《내 문장이 그렇게 이상한가요?》에서도 "적·의를 보이는 것들" 을 처단할 때 살아 있는 문장이 탄생된다고 말한다. 접미사 '-적的'과 조사 '-의', 의존명사 '것', 접미사 '-들'은 단속해야 할 상습범이라는 주장이다.

독자는 미련이 많다:
여운을 남겨 상상력을 자극하라

관심과 욕망, 환상과 기대감으로 시작한 작품은 긴박감을 조성한 뒤 최후의 일격을 가하고 이제 진한 여운을 남기는 결론 단계에 도달한다. 작가가 남긴 최후의 일격 속에 숨겨둔 물음표가 독자에게 모습을 드러내는 단계다.

○   안정효, 《안정효의 글쓰기 만보》(모멘토, 2006), p.24.
○○   김정선, 《내 문장이 그렇게 이상한가요?》(유유, 2016), p.18.

이처럼 결론은 이야기를 끝내고 닫는 문이 아니다. 오히려 새로운 의문이 시작되는 관문이다. 작가의 글은 끝나지만 새롭게 독자의 상상력이 시작되는 부분이다.

결론까지 참고 읽어준 독자에게 주는 마지막 선물은 작가가 내린 화룡점정의 결말이 아니라 독자의 상상력을 자극하는 관문의 제시다. 관문은 질문으로 시작된다. 작가의 비행기는 착륙했지만 그 지점에서 독자의 비행기는 이륙을 준비한다. 질문은 새로운 가능성이다. 결핍이 욕망을 부추기듯 모자란 듯이 끝나는 결말에서 독자는 새로운 궁금증의 싹을 틔운다.

작품은 작가의 손을 떠나는 순간 독자가 제2의 창작을 시도하면서 전혀 다른 작품으로 탄생을 거듭한다. 작품의 뒷맛은 거기에 있다. 오히려 독자의 주관과 의견으로 조리한 요리에서 더 감칠맛이 난다.

독자는 게으르다:
글짓기를 일상으로 만들어라

밥 먹듯이 주기적으로 써라. 소설가 김훈은 하루 원고지 5장이라는 글짓기 원칙을 철칙처럼 따른다고 한다. 나도 매일 쓴다.

SNS에 올리는 글은 플랫폼에 따라 조금씩 다르다. 주로 장문의 형식을 갖춘 글은 브런치에 쓴다. 블로그는 생각나는 대로 글을 써놓는 나의 지식 창고다.

글은 생각날 때마다, 영감이 올 때마다 무조건 써야 한다. 그 길만이 내 삶을 글로 녹여내는 작가가 되는 길이다. 뭐든지 밥 먹듯이 하면 된다. 습관적으로 글을 써야 글 짓는 습관이 생긴다. 글 짓는 습관이 생기면 쓰지 않고는 못 배긴다.

생각과 글 사이에는 언제나 좁히기 어려운 간극이 존재한다. 생각은 많지만 그대로 글로 옮겨지지 않는 이유는 글짓기 근육이 발달하지 않아서다. 처음부터 완벽한 문장을 쓰겠다고 생각하면 쓸 수 없다. 번뜩 생각나는 아이디어, 글감, 소재나 주제가 떠오를 때마다 무조건 붙잡아 메모해두어라. 기록의 축적이 글짓기의 기적을 낳는 원동력이 될 것이다.

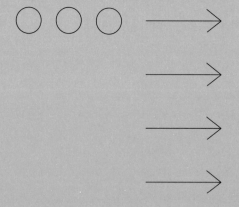

생각을 행동으로 옮기는
Practical Exercise Corner

모름지기 글짓기의
10가지 원칙

글짓기에도 다양한 전략과 방법, 자기만의 방식이 있다. 힘들 때 저마다 돌파 방법이 다양하듯, 글짓기도 누구의 방법이 옳고 그르다고 말할 수 없다. 자기만의 방식으로 쓰고 싶을 때 쓰면 된다. 하지만 적어도 남에게 읽히는 글, 남과 공유하고 싶은 글을 쓰기 위해서는 생각나는 대로 그냥 토해내서는 안 된다. 자신의 생각을 담아내되 몇 가지 글짓기 원칙을 활용한다면 더 많은 사람들과 공감대를 형성할 수 있다.

내가 생각하는 글짓기는 그래서 '모름지기'다. '이거다'라고 말할 수 없지만 적어도 '이래야만 한다'는 나의 주관적 신념을 반영하기 때문이다. 공감하는 사람도 있을 테고 다른 의견도 얼마든지 있을 것이다. '모름지기 글짓기'의 열 가지 원칙을 한 번 정리해보자.

글짓기의 구조:
하나의 주제로 꿰어라

어느 날 갑자기 글이 잘 써지지는 않는다. 글짓기는 모름지기 일상에서 건져 올린 다양한 생각을 하나의 주제로 엮어내는 과정이다. 일상에서 상상력이 넘친다고 할지라도 한 가지 주제로 엮어내지 않으면 공상이나 망상으로 전락할 뿐이다. 글을 관통하는 핵심 메시지가 없으면 글을 읽는 사람도 무엇을 읽었는지 기억나지 않는다.

독자에게 일관된 이미지를 주려면 메시지도 한 가지 주제를 공략해야 한다. 끈질기게 물고 늘어져서 파고들어야 한다. 한 가지 주제를 깊이 파고들기 시작하면 상상은 이제 이상적인 담론으로 변화되기 시작한다. 흔히 만날 수 있는 일상적 주제가 강력한 주장으로 바뀔 수 있는 이유는 문제의식이 일관되게 관통하기 때문이다.

나는 가급적 학기 초가 다 지나가기 전에 새로 만나는 학생들의 이름을 기억해서 불러주려고 노력한다. 모든 사람은 고유한 이름을 갖고 있다. 이름은 그 사람을 지칭한다. 이름 속에는 그 개인의 삶이 고스란히 담겨 있다. 사물도 마찬가지다. 저마다의 특징과 개성을 대변하는 이름을 갖고 있다. 그 이름을 부르고 관심과 애정을 갖고 질문을 던지면 늘 만나던 사물도 나에게 다르게 다가온다.

사물의 이름을 부르고 관심과 애정으로 관찰하는 과정은 글을 쓰려는 마음가짐의 출발이기도 하다. 수많은 잡초들도 저마다의 이름을 갖고 있다. 사람 입장에서 볼 때 잡초지, 잡초 입장에서 볼 때는 사람이 잡초일 수 있다. 이름을 불러주는 것은 관심과 사랑을 보여주는 출발이다.

사람이든 사물이든 저마다의 이름으로 세상을 살아가고 존재한다. 존재하는 이유를 알고 싶다면 이름을 불러주고 진심으로 사랑하는 마음으로 다가가라. 저마다 존재하는 이유가 있고 살아가는 방식이 있다. 그것을 캐내서 마음으로 드러내는 글짓기가 바로 이심전심의 공감대를 형성한다.

글짓기의 재료:
가까운 곳에서 재료를 구하라

———

영화 〈어거스트 러쉬〉에 세상의 모든 소리가 다 음악이라는 대사가 나온다. 존 케이지도 〈4분 33초〉라는 곡을 만들면서 침묵도 음악이고 자동차 경적도 음악이며 바람결에 떨어지는 낙엽 소리도 음악임을 보여주었다. 삼라만상이 모두 글짓기의 텃밭이다. 텃밭에 무엇을 심어 가꿀지는 그 밭을 가꾸는 사람 몫이다. 중국의 구양수가 말한 '삼다(三多)', 즉 많이 듣고, 많이 읽으며, 많이 생각하는 것은 꼭 책을 매개로 하라는 것이 아니다. 세상의 소리를 잘 들어보고 어떻게 변하는지를 읽을 수 있어야 한다. 틀에 박힌 글이 나오는 이유는 틀에 박힌 방식으로 세상을 대충 보아서다. 어제와 똑같이 만나지만 오늘 만나는 삼라만상은 분명 다르게 다가온다.

글짓기의 효과:
하나의 생각을 다른 생각과 연결하라

———

글짓기는 내가 살아가면서 경험한 것을 편집하는 과정이다. 한 사람의 삶은 사건과 사고의 역사적 합작품이다. 사건은 내가 의도적으로 일으킨 일이고, 사고는 나의 의지와 관계없이 일어난 일이다. 사건에는 사연이 숨어 있고 사고事故에는 그걸 당할 때의 내 사고思考의 흔적이 담겨 있다. 글짓기는 이런 사건과 사고를 반추해서 써나가는 역사적 추체험 과정이다.

"글짓기는 사고를 명료하게 정리하고 조직하는 행위다. 글짓기는 우리가 어떤 주제에 접근해 그것을 자기 나름의 방식으로 이해하는 과정이다."

윌리엄 진서William Zinsser의 《공부가 되는 글쓰기》에 나오는 말이다. 글을 쓰기 전에는 다양한 딜레마 상황에서 나의 판단과 결정이 옳고 그른지를 쉽게 분별하기 어렵다. 생각과 글이 결정적으로 다른 점이 여기에 있다. 예를 들면 생각은 꼬리에 꼬리를 물고 이어지면서 정리하기가 쉽지 않다. 하지만 글은 생각한 바를 조목조목 따져가면서 논리적으로 정리하는 가운데 생각의 옳고 그름을 분별할 수 있다.

○ 윌리엄 진서, 《공부가 되는 글쓰기》, 서대경 옮김(유유, 2017), p.47.

글짓기의 시작:
생각만 하지 말고 지금부터 써라

"생각하지 말게. 생각은 나중에 하는 거야. 초고는 가슴으로 쓰고, 재고는 머리로 쓰는 거지. 글짓기의 첫 번째 열쇠는 그 냥 쓰는 것이지. 생각하는 게 아니야."

영화 〈파인딩 포레스터Finding Forester〉에 나오는 대사다. 생 각이 있어야 글을 쓰는 게 아니라 쓰면서 생각이 떠오른다. 완 벽하게 생각을 가다듬은 뒤에 글을 쓰려고 하지 말자. 글짓기 의 시작은 머리보다 가슴에서 비롯된다. 일단 어렴풋하게 쓰려 는 주제가 잡히면 바로 시작하자. 처음에는 무엇을 쓸 것인지 막막하겠지만 일단 쓰기 시작하면 그것이 다음 글을 불러오면 서 끊이지 않고 이어진다.

글짓기의 주체:
경험을 글로 녹여내라

진정한 체험은 당신에게 어떤 일이 발생했을 때 그것의 의미를 해석하는 가운데 일어난다. 영국의 소설가이자 비평가인 올더스 헉슬리Aldous Huxley의 말이다. 비슷한 사고를 당해도 그것이 삶에 던지는 의미를 반추해서 재해석하지 않으면 하나의 추억에 불과할 뿐이다. 윌리엄 워즈워스는 《서곡》에서 '시간의 점 Spots of Time'이라는 개념을 만들었다. 시간의 점이란 내 몸에 각인된 직간접적인 경험의 총체를 지칭한다. 경험을 통해 내 몸에 각인된 얼룩과 무늬는 다른 점과 무한대로 연결되면서 새로운 터닝 포인트나 변신을 위한 출발점이 될 수 있다.

> "기억은 과거의 것만이 아니고 미래를 구축하기 위한 구성 요소다."°

시어도어 젤딘의 《인생의 발견》에 나오는 말이다. 과거에 몸을 움직여 체험해본 것이 별로 없으면 과거의 기억만 부실해지는 게 아니라 미래를 향한 상상력도 고갈된다. 글을 잘 쓰는 사람은 몸으로 기억할 수 있는 경험이 많은 사람이다. 단어와 관련된 체험이 다양하게 연상되기 위해서는 그만큼 체험의 폭과 깊이가 있어야 한다.

○ 시어도어 젤딘, 《인생의 발견》, 문희경 옮김(어크로스, 2016), p.174.

글짓기의 자세:
포기하지 말고 이리저리 시도하라

━━━

글이 감동적으로 다가가려면 나의 어두운 과거를 드러내서 빛을 쪼여야 한다. 실패와 절망의 뒤안길에는 이미 희망의 빛이 숨어 있다. 어둠의 터널을 빠져나와야 빛을 만날 수 있고, 절박한 심정으로 밑바닥을 기어봐야 정상에 올라 기쁨을 만끽할 수 있다.

시행착오가 판단 착오를 줄여준다. 과거의 아픈 경험을 덮어두지 말고 그것을 극복하는 여정에서 몸으로 체득한 교훈을 가감 없이 드러내는 글을 써라. 한두 번 시도해서 안 된다고 포기하지 말고 칠전팔기의 정신으로 붙잡고 늘어져라.

글짓기의 단련:
글짓기 근육을 길러라

━━━

근육은 앉아서 생각만 해서는 절대로 키울 수 없다. 근육을 키우는 유일한 방법은 근육이 힘들 정도의 무게를 들고 반복해서 땀을 흘려야 한다. 근육은 절대 요령으로 생기지 않는다. 오로지 힘든 만큼 근육이 붙는다. 하루이틀 운동하다가 조금 쉬면 말짱 도루묵이다. 살을 빼는 것보다 근육을 유지하는 것이 더 어렵다. 애써서 만든 근육도 운동을 계속하지 않으면 바로 원상복귀다.

글짓기도 같은 원리다. 한두 가지 요령으로 글이 써진다면 얼마나 좋을까. 어떤 좋은 이론이나 방법도 쓰는 연습을 하지 않으면 무용지물이다.

글짓기의 방식: 구체적으로 묘사하라

《뼛속까지 내려가서 써라》의 저자 나탈리 골드버그Natalie Goldberg는 세부 묘사야말로 글짓기의 기본 요소이자 단위라고 말한다. 예를 들어 화가 나면 무엇이 나로 하여금 화나게 만드는지를 구체적으로 기술하라는 말이다. 그냥 '화가 난다'는 말보다 독자가 '화가 날 수밖에 없구나.'라고 인정하게 상황을 구체적으로 묘사하라는 이야기다. 나탈리 골드버그는 이런 상황

○　나탈리 골드버그, 《뼛속까지 내려가서 써라》, 권경희 옮김(한문화, 2013).

을 "말하지 말고 보여주라."라고 이야기한다.

뭔가에 대해 분노를 느꼈다면 읽는 사람으로 하여금 분노를 느낄 수 있도록 구체적으로 묘사하라. 작가의 분노가 독자의 분노로 연결되기 위해서는 분노라는 말을 직접 쓰기보다 분노할 수밖에 없었던 상황을 납득하도록 구체적으로 묘사해야 한다.

구체적으로 묘사하라는 글짓기 원칙은 가급적 추상명사를 쓰지 말고 일상적으로 쓰는 단어로 그림으로 보여주듯 시각화하라는 이야기다. 예를 들면 누군가가 사랑을 베풀었다는 추상적인 표현보다 구체적으로 그 사람이 어떤 행동을 한 것이 사랑인지를 보여주라는 것이다. 사랑은 거창한 추상명사가 아니라 타인을 위해 지금 당장 내가 할 수 있는 일을 해줌으로써 더불어 행복하게 만드는 작은 행동이다.

글짓기의 컬러:
내 삶을 드러내라

삶을 글에 담아내는 글짓기는 한 사람이 자신의 삶을 어떻게 살아내는지를 기록하는 투쟁기다. 그래서 글은 기법과 기교

이전에 기본기를 닦아야 나온다. 자신의 체험을 녹여내지 않고서 독자를 감동시키는 다른 글짓기 방법은 존재하지 않는다. 체험적 상상력이라야 독자에게 가닿을 수 있다. 내 삶을 능가하는 글은 읽을 수도 쓸 수도 없다.

글은 그 사람의 삶으로 녹여내는 육체적 기록이다. 글은 그래서 피와 땀과 눈물의 기록이다. 글을 보면 작가가 고뇌한 흔적이 보이고 그 사람의 삶이 담겨 있다.

"아무리 짧은 글이라도 그 글을 읽고 나면 그 사람의 마음이 눈에 보인다."

소설가 이태준의 말이다. 모든 글에는 색깔과 스타일이 숨어 있다. 동일한 주제로 글을 써도 다른 글이 탄생하는 이유는 작가가 살아온 삶이 다르기 때문이다. 자기만의 방식으로 글을 쓰기 위해서는 글짓기 속성반에서 글짓기 테크닉을 배울 것이 아니라 자신의 삶을 진솔하게 드러내는 기본기를 닦아야 한다.

책 쓰기는
애쓰기다

4장

쓰기

책 쓰기는 삶을 담아내는 애쓰기다

살기와 읽기가 맞물려 돌아간 얼룩과 무늬를 글로 담아내면 삶과 앎과 글은 하나로 맞물려 돌아간다. 살아내기 위해 안간힘을 쓰며 어제와 다른 삶의 돌파구를 열기 위해 이런저런 책을 읽는다.

책 속에 길이 있다고 하지만 사실 책에는 길이 없다. 책 속에서 길을 찾았다 하더라도 현실에는 없는 길일 수도 있다. 책 밖으로 나와야 길을 만난다. 책에서 찾았다는 길도 실제로 가 보지 않으면 알 수 없는 길이다.

글이 한 사람이 살아오면서 겪은 얼룩과 무늬의 단편을 보여준다면, 책은 삶의 얼룩과 무늬가 씨줄과 날줄로 엮어서 직조된 작품이다.

책 쓰기는 단편적인 글을 일정한 구조와 체계에 따라 한 권으로 엮어내는 작업이다. 집 한 채가 글이라면 그런 집이 모인 한 마을을 기획하고 집들을 적정한 장소에 배치해서 차별화된 마을을 만드는 과정이 책 쓰기다.

똑같은 집이 반복해서 일정한 패턴으로 나타나면 단조로운 마을이 된다. 마찬가지로 똑같은 말을 계속 반복하면 지루한 책이 된다. 책 한 권은 그 자체가 한 편의 드라마이자 한 사람의 삶을 대변하는 파노라마다. 내 삶을 담아내는 책 쓰기는 그 자체가 살아가기 위한 애쓰기다. 책을 보면 그 사람의 '얼굴'이 보이는 이유다.

책 쓰기는
애쓰기이자 필살기다

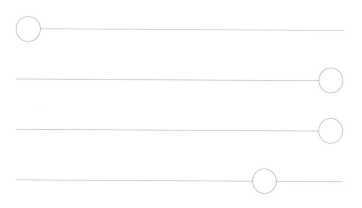

책 쓰기는 책을 쓰는 행위다. 책을 쓰는 행위는 책을 만들어내는 노력이다. 책은 글로 이루어져 있다. 문제는 글을 쓴다고 다 책이 되지는 않는다는 사실이다. 글이 책이 되기 위해서는 주제를 일정한 논리적 구조와 체계에 따라 꿰어야 한다. 일관된 문제의식 없이 생각날 때마다 썼던 글이라도 관통하는 한 가지 주제로 녹여내는 2차 작업이 필요하다.

책 쓰기는 고된 노동의 여정이다. 기술이 대신해줄 수 없는, 온전히 내가 부담해야 되는 정신노동이자 육체노동이다. 내 몸으로 살아온 삶을 내가 갖고 있는 언어로 녹여내는 그야말로 고된 작업이 책 쓰기다. 다만 표현력이나 수사력을 익히면 도움은 된다. 하지만 그것도 글을 쓰면서 익힐 수 있는 것이지 눈으로 책을 읽는다고 저절로 내 몸에 각인되는 게 아니다. 글짓기든 책 쓰기든 안간힘을 쓰면서 몸으로 토해내는 애쓰기다. 애쓰지 않고 쓰는 글이나 책은 쓰임을 받지 못한다. 특히 책 쓰기는 더욱더 오랜 시간 동안 버티고 견디면서 삶을 토해내야 한다.

책 쓰기는 애쓰기다

'애'는 초조한 마음속이나 몹시 수고로움을 의미한다. 그래서 '애쓰다'의 의미는 마음과 힘을 다하여 무엇을 이루려고 힘쓰는 것을 뜻한다.

애쓰는 과정은 의도한 대로 일을 만들어가기 위해서 있는 힘을 다해 고군분투하는 과정이다. 그렇게 어제와 다르게 조금씩 애를 쓰다 보면 어느 사이 완벽한 모습은 아니지만 내가 발전하는 모습을 볼 수 있다.

앞에서도 누누이 말했지만 책 쓰기 교본을 많이 읽는다고 책에 나오는 대로 글이 잘 써지지는 않는다. 내가 직접 써보지 않고서는 아무리 좋은 처방전을 많이 알고 있어도 써먹지 못한다. 누군가 써놓은 책 쓰기 매뉴얼은 그 사람이 쓰면서 깨달은 체험적 노하우다. 남의 노하우를 흉내는 낼 수 있으나 내 것이 될 수는 없다. 책 쓰기 능력은 오로지 애쓰는 가운데 향상된다. 한 줄을 토해내기 위해 안간힘을 쓰는 가운데 책 쓰기 능력도 생긴다.

책 쓰기는 기법의 문제가 아니라 기본기의 문제다. 서점에 가보면 책 쓰기 기교를 가르치는 책이 이미 포화 상태다. 그러나 대부분 책을 쓰고 싶은 욕망에 부응하는 임기응변식 처방전일 뿐이다. 책을 잘 쓰는 유일한 비결은 책 쓰기의 기본기를 연마하는 것이다. 이 말은 책을 잘 쓰는 왕도는 없다는 뜻이기도 하다.

책을 잘 쓰는 데 필요한 기본기는 책 쓰는 데 필요한 원료나 재료를 축적하면서 매일 꾸준히 쓰는 것이다. 맛있는 음식을 만들기 위해서는 신선한 음식 재료가 준비되어야 하듯이, 독자에게 공감이 가는 책을 쓰기 위해서는 독자와 공감할 수 있는 체험의 깊이와 넓이가 있어야 하고, 이를 적합한 개념으로 녹여 한 권의 결과물로 엮어내야 한다.

내가 사용하는 단어의 세계가 내가 창작할 수 있는 세계를 결정한다(Words create writings). 잘 쓰기 위해서는 그래서 잘 쓴 글을 많이 읽어야 한다. 읽지 않고 세상을 읽을 수 없으며 독자의 마음을 읽어낼 수 없다. 또 많이 읽어야 남다른 개념을 습득하여 책 쓰기에도 활용할 수 있다.

책 쓰기가 애쓰기인 또 다른 이유는 정신노동을 넘어서 육체노동에 더 가깝기 때문이다. 몸은 복잡한 생각을 문장으로 건축하기 위해서 초집중 모드로 전환해야 한다.

"글쓰기는 단어를 하나씩 하나씩 배열하여 벽돌처럼 쌓아올리는 수공업이다. 그것은 오랫동안 고생스럽게 땀을 흘려야 하는 노동이다."

《안정효의 글쓰기 만보》에 나오는 말이다. 그렇게 쓰인 글을 일정한 구조와 논리 체계로 엮어내는 책 쓰기 역시 안간힘을 쓰며 완성해가는 육체노동이다. 책은 사유 과정으로 정제된 생각의 정수가 육체를 통과하면서 남기는 흔적을 일정한 논리적 흐름에 따라 기록하고 구축한 한 채의 집에 가깝다.

"글은 정자세로 앉아 시간을 바치지 않으면 한 줄도 나오지 않는다. 목뒤부터 어깨를 타고 손끝까지 흐르는 저림을 겪으

○ 안정효, 《안정효의 글쓰기 만보》(모멘토, 2006), p.498.

며 문장의 길을 터나가야 한다."

은유의 《다가오는 말들》에 나오는 말로, 글쓰기가 온몸의 저림을 겪는 육체노동임을 보여준다. 책상에 앉아서 글을 쓰지만 글의 재료는 일상에서 온몸으로 보고 느끼고 생각하면서 내 몸에 축적한 체험의 흔적들이다. 모든 책 쓰기는 그래서 체험적 상상력의 산물이다. 그것이 내가 습득한 개념을 만나면서 문장으로 완성되고, 한 편의 글로 탄생되고, 엮어서 책으로 완성된다. 마치 건축가가 집을 지을 때 벽돌을 한 장씩 차근차근 쌓듯이 작가는 체험적 상상력으로 얻은 글감을 적절한 개념을 동원하여 한 줄 한 줄 쌓아 책을 짓는다.

대부분의 논리적 책 쓰기는 감정을 제거한 메마른 단어들을 수집해 논리적으로 짜맞추고 배열하는 데 치중한다. 주관은 없고 객관만 있다. 하지만 나는 어떤 책이든지 단어를 눈물에 적시고 뜨거운 정감으로 데운 다음 뼈저린 체험으로 녹여내야 사람들의 눈시울을 뜨겁게 만든다고 믿는다.

모든 몸부림치는 생각은 추락하지 않으려는 의지의 증표다. 지금보다 나빠지지 않으려는 처절함이자 지금을 넘어 다른

○ 은유, 《다가오는 말들》(어크로스, 2019), p.320.

세계를 꿈꾸는 간절함이다. 몸부림치는 생각의 치열함과 집요함이 내 생각뿐만 아니라 내 몸까지 건강하게 만든다. 그래서 생각은 머리로만 하지 않고 온몸으로 한다. 몸부림치지 않는 생각은 다른 사람의 생각을 바꿔놓기가 어렵다. 몸부림치는 생각이 글로 옮겨질 때 진한 감동의 씨앗이 남는다. 내가 아무리 다양한 체험을 했어도 그것을 표현할 개념이 없다면 체험은 내 몸 안에 거주할 뿐 밖으로 나올 수 없다.

개인적 체험을 책에 녹여내 공감을 불러일으키려면 스타일이 있어야 한다. 그런데 이 과정에서 글의 스타일에 영향을 미치는 또 다른 변수가 있다. 그동안 내가 만난 사람과 내가 읽은 책이 변수로 작용한다. 이들은 내가 경험한 것이 다가 아니며 동일한 경험이라도 다르게 보고 느끼며 해석할 수 있음을 알려주는 깨달음의 원천이다. 나는 결국 내가 만난 사람과의 관계, 그 관계 속에서 주고받은 언어와 생각과 느낌의 총체다.

책을 쓰려면 한 분야의 전문가가 되어야 하지만 전문가처럼 생각해서는 안 된다는 말이 있다. 그들만의 리그에 머물러 전문 지식이 없이는 이해 불가능한 글을 쓴다면 대중적 파급력을 가질 수 없기 때문이다. 대중을 설득하지 못하면 소수의 전문가만이 읽을 수 있는 책으로 전락한다. 어려운 내용이지만 쉽게 이해할 수 있게 단순하게 쓰는 능력이야말로 책 쓰는 사람이 지녀야 할 중요한 자질이다. 경지에 이른 사람은 복잡하고 난해한 내용을 누구나 이해하기 쉽게 설명하고 설득하는 사람이다.

책 쓰기는 필살기다

필살기는 적당히 해서 나오지 않는다. 목숨 걸고 도전해야 비로소 나만의 색이 있는 글이 탄생한다. 필사적으로 노력해야 생기는 필살기, 무수한 반복 끝에 맞이하는 반전의 선물이 필살기다. 독자가 원하는 당신의 책은 바로 필살기가 담긴 책이다. 그 누구도 쉽게 흉내 내기 어려운 책, 내가 살아온 삶을 온몸으로 증거하는 책이어야 한다.

> "진정한 시는 다른 무엇과도 바꿀 수 없는 절대성, 그러니까 단독성을 가져야만 한다."

강신주의 《김수영을 위하여》에 나오는 말이다. 단독성은

○ 강신주, 《김수영을 위하여》(천년의상상, 2012), p.43.

대체 불가능성이다. 김수영의 시는 대체할 수 없는, 자신의 삶을 녹여낸 시다. 그는 몸으로 살아온 자신의 삶을 시로 쓴다. 시가 곧 그의 삶이고 필살기다. 작가가 삶을 바꾸려고 노력하는 이유는 이전과 다른 시를 쓰기 위해서다. 몸으로 글을 쓴다는 것, 몸으로 언어를 녹여낸다는 것, 김수영의 시가 우리 가슴에 박히는 이유이자 근원이다.

사실 엄밀히 말해서 자기만의 생활 방식을 완전히 텍스트화할 수는 없다. 다만 자신의 삶을 몸으로 보여줄 뿐이다. 언어로 담아내는 삶은 언저리에 머문 치열한 생각의 파편이다. 그럼에도 우리가 그런 글에 감응하는 이유는 글 속에 그 사람의 사투가 엿보이기 때문이다.

책 쓰기는 이야기다

조지 오웰은 에세이 《나는 왜 쓰는가》에서 책을 쓰는 동기를 네 가지로 구분한다. 첫째는 순전한 이기심이다. 남들보다 똑똑해 보이고 사람들의 입에 오르내리며 죽은 후에도 기억되고

○ 조지 오웰, 《나는 왜 쓰는가》, 이한중 옮김(한겨레출판사, 2010).

227

싶은 욕망으로 책을 쓴다. 둘째는 미학적 열정이다. 외부 세계의 아름다움, 혹은 말의 아름다움을 자각하기 위해서다. 셋째는 역사적 충동 때문이다. 현상을 있는 그대로 기록하고 후대에게 전하려는 욕망에서 책을 쓴다. 마지막으로 정치적 목적으로 글을 쓴다. 세계를 특정 방향으로 밀고 가려는 정치적 야망이 개입한다.

개인적인 내 경험에 비추어보면 네 가지 이유가 일정한 비율로 겹쳐 있다. 글의 종류에 따라 특정 목적에 더 부합되는 경우도 있다. 니체는 《인간적인 너무나 인간적인》에서 자신을 위해 글을 쓴다고 했다. 책을 쓰는 이유도 마찬가지다. 누가 어떤 목적의식으로 쓰는지에 따라 책의 종류나 성격이 달라질 수 있다. 하지만 책을 쓰는 이유는 무엇보다도 니체가 말했듯이 자신의 생각과 행동의 변화를 가져온 깨달음을 자기 방식으로 정리해보기 위해서다.

내가 극복해낸 곤경을 이야기로 들려줄 때 독자는 공감한다. 다른 사람의 생각으로 독자를 감동의 세계로 유도하기는 불가능하다.

책을 쓰기로 결심한 사람은 지금과는 다른 삶을 살기로 결심한 사람이다. 지금 이대로 살지 않고 지금까지와는 다른 삶을 살겠다는 결단이 책 쓰기의 출발이다. 순리와 본능적 욕구

대로 살지 않고 자기가 진정으로 사랑하는 삶을 살겠다는 결연한 각오와 함께 위험한 탐험이 시작된 것이다.

내 배를 채우는 욕구를 따라가기보다 다른 사람을 위해 기꺼이 양보하고 배려하는 행위가 사랑이다. 책 쓰기도 마찬가지다. 나답게 살기로 결심하고 나를 사랑하지 않으면 시작할 수 없는 모험이다. 나를 세상에 정직하게 드러내놓고 이렇게 세상을 살아가겠다고 공표하는 위험하고 힘든 혁명이다. 그럼에도 책을 쓰겠다고 결심한 사람은 누구보다도 나를 알고 사랑하려는 욕망이 강한 사람이다. 책 쓰기는 독자의 감동이라는 이타심에서 출발하지만 결국 자신을 지극히 사랑하는 사람만이 시작할 수 있는 이기심의 산물이다.

한 권의 책이 잉태되어
출산되는 과정

사랑하는 남녀가 만나서 뜨거운 사랑을 나누다 결혼을 하고 임신을 한다. 전혀 다른 두 사람이 만나 생명을 잉태하고 마침내 자신들을 닮은 2세를 출산한다. 책이 탄생하는 과정도 이와 유사하다. 하나의 작품이 잉태되는 순간부터 세상에 나오기까지 경이로운 기적의 순간을 추적해보자.

작품의 잉태는 끌림이 있는 두 가지 주제나 분야가 끈질긴 밀당 끝에 이루어진다. 또는 집요한 구애 끝에 한 가지 주제가 다른 주제로 빨려들어가 이루어진다.

책들은 시장에 가득한데 또 다른 책을 잉태시켜 출산해야 하는 이유는 무엇인가? 이미 세상에 수많은 사람들이 존재하지만 신생아는 계속 태어난다. 새로 태어난 그 사람은 누구와도 비교할 수 없는 특성을 지닌 고유한 인격체다. 마찬가지 맥락에서 책을 계속 내야 되는 이유는 저마다의 삶이 다르며 삶을 담아내는 방식도 다르기 때문이다.

내가 출산한 자식은 내가 아니지만 나의 분신이다. 작품도 마찬가지다. 내가 낳은 자식이지만 작품은 내가 아니다. 하지만 작품 속에는 나의 문제의식과 신념과 철학이 고스란히 배어 있다. 작품 속에 또 다른 내가 살아가고 있는 것이다. 그 작품이 다른 사람에게 읽히면서 나 또한 읽히고 이해된다.

모든 사람은 한 권의 책이다. 저마다 탄생 배경과 추구하는 꿈과 비전이 다르듯, 그 사람의 삶을 녹여내는 책 또한 다를 것이다. 이미 세상에 갖가지 책이 있음에도 또 다른 책을 쓰도록 격려하고 지원하는 이유는 그 어떤 책을 내도 똑같은 책은 한 권도 없을 것이기 때문이다.

수정 및 착상

임신은 타이밍이다. 난소에서 난자가 수란관으로 나오는 배란 시기에 정자와 만나면 수정이 된다. 그야말로 하늘이 허락한 아름다운 순간이다. 수정이 이루어지면 난할이 일어난다. 난할은 수정란에서 발생 초기에 일어나는 세포 분열이다.

수정란은 난할을 거듭하여 세포 수를 늘리면서 자궁으로 이동한다. 그리고 약 일주일이 지나면 착상이 이루어진다. 착상은 수정이 일어난 지 약 일주일 후 수정란이 포배가 되어 자궁 내막에 달라붙어 자리를 잡는 현상이다. 이때부터 임신이 되었다고 한다.

작품이 탄생되는 과정도 비슷하다. 이 책을 예로 들어보겠다. 나는 지금 '책 쓰기는 애쓰기다'라는 주제로 작품을 구상하고 출산을 준비하고 있다. '책 쓰기'라는 주제로 작품을 출산하고 싶은 욕망은 이전부터 갖고 있었다. 글쓰기와 책 쓰기 책은 이미 포화 상태라고 할 정도로 쏟아져 나왔다. 그럼에도 나만의 차별화된, 나의 신념과 철학이 담긴 책은 또 다르다.

'책 쓰기'는 책과 쓰기가 만나 열애 끝에 잉태된 작품 주제다. '책'이 '쓰기'를 만나 가장 이상적인 '책'과 바람직한 '쓰기'라는 주제로 끊임없이 이야기를 나누었다. '책'과 '쓰기'가 열애하면서 전율을 하고 서로에게 강렬한 자극을 주면서 뜨거운 사랑이 무르익어갔다. 그리고 어느 시점에 수정이 이루어지고 발상이 한 군데로 모여 '책 쓰기'라는 확고한 주제로 착상되었다. 다양한 주제가 경합을 벌였지만 '책 쓰기'를 주제로 같이 애를 쓰기로 합의했다. 드디어 임신에 성공한 것이다.

그때부터 책 쓰기는 세포 분열을 거듭한다. 책 쓰기에 관한 아이디어 증식을 거듭하면서 가장 건강하고 유익한 책을 출산하고 싶은 욕망을 숙성시켜 나간다. '책'과 '쓰기'가 애를 쓰면서 만든 제목이 《책 쓰기는 애쓰기다》이다. 책과 쓰기는 자신들의 2세가 멋지게 태어날 것이라고 꿈꾸기 시작한다.

하나의 작품이 잉태되려면 작가의 남다른 문제의식과 뜨거운 열정이 출발점에서 중요한 관건으로 작용한다. 어떤 주제를 염두에 두고 있으며, 그 주제를 얼마나 간절하게 쓰고 싶은지, 주제와 관련된 색다른 가능성의 문을 열어줄 사람과 어떻게 만날 수 있는지의 여부에 따라 작품은 잉태될 수도 있고 그렇지 않을 수도 있다.

작품을 세상에 탄생시키고 싶은 작가는 어떤 시련과 난관에도 불굴의 의지를 갖고 가능한 방법을 찾아내려고 한다. 유독 끌리는 주제가 우연한 마주침을 통해 생각지도 못한 주제로 융합되면서 작품은 큰 진척을 보인다. 이미 '책'과 '쓰기'는 뜨거운 사랑으로 불이 붙기 시작했다.

입덧의 시작과
본격적인 지식 잉태의 가속화

입덧은 임신한 사람의 체질과 환경에 따라 시작하는 시기와 지속되는 기간이 다르다. 음식 냄새만 맡아도 구역질이 나는 경우도 있고, 오히려 특정 음식이 너무나 먹고 싶은 경우, 특정한 냄새를 참을 수 없는 경우도 있다. 임신한 사람만이 보여주는 특이한 현상으로 원인과 치료 방안도 특별히 정해진 것이 없다. 입덧은 결국 임신한 사람만이 경험할 수 있는 특이한 현상이다.

입덧과 비슷하게 작품을 잉태한 사람에게 나타나는 특이한 현상을 '지식 입덧', 즉 '지식덧'이라고 명명할 수 있다. 지식덧은 작품이 임신되면 특정한 지식이나 분야에만 관심을 쏟고 다른 분야에는 무관심해지는 현상이다.

지식덧이 심해지면 앎에 대한 갈급한 욕망이 온몸을 지배한다. 잉태된 작품을 출산하기 위해서는 당분간 집중적으로 파고들어야 할 분야에만 관심이 편향적으로 집중되면서 신경이 예민해질 수도 있다. 지식덧은 지금 잉태한 지식에 대한 심한 갈등과 반목, 또는 심각한 무력감을 동반하는 고통의 연속일 수도 있다.

나아가 지식덧은 지나친 신경적 반응일 수도 있다. 하지만 긍정적으로 해석하면 잉태된 작품을 세상에 내놓기 위한 작가 정신의 부산물로 해석할 수도 있지 않을까? 그렇게 하지 않고서는 감동을 주는 창작을 해낼 수 없다는 절박한 위기의식의 산물이기도 하다.

입덧이 산모와 잉태된 아기를 보호하기 위한 과민반응인 것처럼 지식덧도 잉태된 작품을 온전히 세상으로 내놓기 위한 작가의 몸부림이자 애쓰기다.

이기적으로 살아야 기적을 일으킨다. 특정 지식과 분야를 깊이 있게 파고들면서, 동시에 이전과 다른 방법으로 융합해서 색다른 창작물을 부단히 만들어내는 흔적이 축적되지 않으면 세상 사람에게 감동적인 울림을 전하는 작품은 탄생되지 않는다.

지식덧은 작가의 사생결단이다. 몰두하지 않으면 세상에 자신의 작품을 알릴 수 없다는 작가의 몸부림이자 안간힘이다. 지식덧을 온몸으로 견뎌낸 사람만이 세상에 하나뿐인 지식을 출산하는 전초기지를 마련한다.

에로스의 발산과
지식 애무의 시작

———

레비나스Emmanuel Lévinas는 《전체성과 무한》에서 에로스와 애무를 타자를 이해하는 한 가지 방법으로 제시한다. 유한성을 지닌 나를 무한한 가능성으로 인도하는 사람이 바로 타자다. 레비나스는 이런 타자를 알고 싶은 끊임없는 구애 행위를 '에로스'라고 보고, 그것을 현실로 구현시키려는 구체적인 동작을 '애무'라고 보았다.

레비나스가 말하는 애무는 사랑하는 사람이 껴안거나 어루만지면서 느끼는 인간적이고 친밀한 접촉을 말하지 않는다. 아직 존재하지 않는 것, 미래의 저편에 갇혀 있고 잠들어 있는 미지의 세계를 탐색하는 행위를 말한다. 애무는 나의 바깥 세계에 존재하는 신비로운 세상을 더듬어 탐색하고 알고자 하는 간절한 구애 행위다.

레비나스의 개념을 작품 탄생으로 변환하면 마찬가지로 미지의 세계를 알고 싶은 지적 에로스가 구체적인 행동, 지적 애무로 드러난다. 미지의 주제를 향한 에로스와 애무의 강도에

○ 에마뉘엘 레비나스, 《전체성과 무한》, 김도형·문성원·손영창 옮김(그린비, 2018).

따라 책의 성패가 결정된다. 씨앗으로 발아된 미지의 주제를 찾아가는 에로스가 발동되면 주체인 나를 포기하고 더 자발적으로 알고 싶은 타자, 즉 미지의 주제 속에 갇히게 되고 볼모로 사로잡힌다.

레비나스는 지적 충격을 주면서 한 우물에 빠져 있는 나를 건져내는 타자를 여성성으로 묘사한다. 여기서의 여성성은 신비한 매력을 베일에 감추고 있는 알 수 없는 존재의 성격을 말한다. 알려고 노력해도 쉽게 자신의 세계를 보여주지 않는 타자, 즉 미지의 세계를 이해하는 한 가지 방법은 지적 애무의 손길을 그쪽으로 뻗는 것이다. 타자의 신비함이 주는 매력에 에로스가 발동하면서 자신도 모르게 끌림을 당한다.

타자는 나에게 낯선 사유를 품은 미지의 세계이자 호기심의 대상이다. 알 수 없는 미지의 세계와 마주침으로써 어떤 언어로도 설명할 수 없는 충격적인 경험을 할 수도 있다.

사랑이 무르익을수록 나는 타자의 세계로 빨려들어간다. 그리고 나를 포기하고 내가 타자 안에 거주함으로써 포로인 상태로 발전한다. 애무의 농도가 짙을수록 미지의 지식은 하나의 작품 속으로 녹아든다. 결국 지식 애무는 이질적 분야의 지식이나 이론을 접목 또는 융합해서 새로운 작품으로 탄생시키기 위한 작업이다.

태아의 발달 과정과
작품의 숙성 과정

─────

입덧이 수그러들면서 태아는 서서히 사람의 형태를 갖춰나가기 시작한다. 마찬가지로 지식덧으로 인한 예민한 반응이 줄어들면서 작품의 구조나 얼개가 어느 정도 갖춰진다. 구체적인 형상은 아직 드러나지 않았지만 이야기의 뿌리가 밝혀지고 줄기가 윤곽을 드러내면서 거기에 붙은 가지와 이파리도 곧 가시적인 형상을 드러낼 것이다. 태아로 보자면 신체 구조와 체형이 드러나고 이목구비가 어렴풋하게나마 갖춰지는 단계다.

간혹 불행하게도 산모의 건강이나 환경적 여건으로 유산하는 경우도 있다. 마찬가지로 잉태된 작품이 작가의 문제의식 변화나 변심, 환경적 여건의 변화로 세상으로 나오지 못하고 유산되는 경우도 있다. 작품이 유산되면 작가는 깊은 상처를 받고 회복하기까지 오랜 시간이 필요하다. 하지만 아픔을 극복하고 다시 작품을 숙성시키는 안간힘을 쓰다 보면 뿌옇게 보이던 작품의 이미지가 서서히 그 형태를 드러낸다.

작품 숙성 과정은 파란만장하다. 시행착오를 겪다 다시 원점에서 시작하기도 한다. 분명한 점은 작품을 통해 세상에 알리고 싶은 메시지와 도달하고 싶은 목적지를 상실하지 않는 이상, 언젠가는 작가의 고유한 스타일이 담긴 작품으로 세상에 나온다는 것이다. 오이가 피클이 되고, 배추가 묵은지가 되는 숙성과 발효 과정을 거쳐야 제 맛이 나듯 작품도 작가의 삶을 담아내는 글짓기가 축적되면서 점차 여물어간다. 발효되지 않으면 맛을 담보할 수 없다.

《책 쓰기는 애쓰기다》라는 작품도 '책'이 주어이고 '애쓰기'가 술어다. 애쓰기를 통해서 탄생하는 게 책이다. 삶은 재료다. 음식 재료가 있어야 요리를 시작할 수 있듯이 저마다의 삶이라는 희로애락이 있어야 쓰기로 완성해낼 수 있다.

해산 준비와 산통

태아는 10개월이 가까워지면서 이제 세상에 나올 준비를 한다. 신기한 현상이다. 만 10개월이 되면 어떻게 아는지 더 이상 편안한 엄마 배 속에서 머물지 않고 험난한 세상으로 떠밀리듯 나온다. 출산이 임박해지면 산모가 느끼는 진통의 강도는 커진다. 아이도 안락했던 엄마의 배 속을 떠나 험난한 세계로 나오기 위해 엄마와 함께 몸부림을 쳐야 한다.

마찬가지로 한 권의 책이 탄생하는 순간 작가는 여러 가지로 바빠진다. 초고 상태의 원고를 처음부터 끝까지 다시 읽어보면서 탈고 작업에 돌입한다. 처음 책을 쓰기 시작할 때는 필요한 내용 같았지만 다 쓰고 나서 살펴보면 불필요하게 느껴져 통째로 날려버리는 아픔도 경험한다.

더욱 심각한 통증은 편집자와 교신하면서 일어난다. 작가는 필요하다고 썼지만 최초의 독자 입장에서 편집자가 불필요하다고 생각하는 부분도 많다. 작가가 글을 쓰는 논리 전개 방식이 편집자가 바라보는 논리적 흐름과 차이가 날 수도 있다. 어떤 원고는 통째로 날리고 판을 뒤집어야 한다. 애간장을 녹여가면서 완성한 초고가 통째로 편집될 때의 고통은 경험해보지 않고서는 설명할 길이 없다.

한 생명체가 엄마의 포근한 배 속을 떠나 세상으로 나오면서 험난한 바다를 건너는 인생을 살듯, 이제 작가의 품 안에서 발효된 작품이 비판의 칼을 갈며 기다리는 세상으로 나간다.

신생아의 출산과
작품의 탄생

오랜 진통 끝에 나온 아이는 세상을 향해 울음을 터트리며 신고식을 한다. 눈도 제대로 뜨지 못하고 밖으로 나온 아이는 어떤 생명체보다도 연약하다. 다른 동물의 새끼는 나오자마자 걷지만 갓난아이는 10~16개월의 극진한 보살핌을 받아야 비로소 두 발로 세상을 밟아본다. 몸의 중심을 잡기도 쉽지 않다. 걷다가 넘어지고 다시 일어나기를 반복해야 자기 힘으로 걸을 수 있다.

작품도 마찬가지다. 작가의 품속에서 발효되던 작품은 편집자의 손으로 넘어가 다시 한번 여러 가지 수정을 거친 뒤 비로소 독자들의 세계로 전달된다. 쏟아져 나오는 책이 워낙 많은 관계로 독자들의 주목을 끌기는 하늘의 별 따기다.

보통 신간이 나오면 온라인 서점과 오프라인 서점에 배치되는데, 자본주의 시장 논리상 어디에 어떻게 배치되는지에 따라 책의 운명이 달라진다. 예를 들면 오프라인 신간 매대에 다행히 자리를 잡고 누워 있으면 일주일 정도 독자들을 유혹하며 주목을 끌 수 있다. 그 기간 안에 독자들의 관심과 사랑을 받지 못하면 신간 도서는 바로 서가에 꽂힌다. 책은 가급적 오랫동안 매대에 누워 있어야 생명력이 오래간다. 서가에 꽂히는 순간 특별한 일이 아니고서는 그 책은 생명력을 잃기 시작한다.

오랜 기간의 진통을 거치면서 하나의 작품으로 세상에 나왔지만 어떤 작품은 나오자마자 한겨울 매서운 한파를 만나 얼어 죽기도 하고 한여름 천둥과 번개가 동반된 비바람을 맞고 어디론가 사라지기도 한다.

작품은 작가가 출산한 성과물이다. 하지만 작가와는 다른 인생을 살아갈 자식이다. 작가의 손을 떠나는 순간 작품은 작가에게 하나의 타자인 것이다. 작가와 작품의 관계는 부모와 자식 간의 관계와 비슷하다. 부모는 자식을 낳고 기르지만 자식이 살아갈 미래를 규제하거나 결정하지 못한다. 다만 자신의 분신인 자식을 통해 자신이 살 수 없는 미래를 살아간다.

내가 지금 여기서 살아가고 있지만 나의 미래는 미지의 세계이고, 어떤 영향도 미칠 수 없는 불가지不可知의 세계다. 나의 자식은 내 마음대로 통제할 수 없고 장악하지도 못하는 나의 타자다. 작품의 생명력도 작가가 통제할 수 없는 영역 바깥에 존재한다. 작품의 미래는 전적으로 독자들의 창조적 오독과 재해석에 달려 있다.

부모와 자식의 관계는 불일불이不一不二의 원리와 닮았다. 예를 들면 열매는 씨가 아니고 씨는 열매가 아니다. 하지만 씨 속에 이미 씨의 미래인 열매가 들어 있고, 열매 속에는 자신의 후손이 될 씨가 들어 있다. 열매와 씨는 하나지만 사실은 둘이며, 둘이지만 사실은 하나다. 나는 나의 타자인 자식과 하나지만 사실은 둘이며, 자식과 나는 둘이지만 사실은 하나다. 나이면서 동시에 내가 아닌 그 타자를 통해 내가 살아가는 지금 여기서의 삶을 초월할 수 있다.

작품도 마찬가지다. 작가는 일정 시점이 지나 연로해지면 세상을 떠나지만 작가의 생각을 담고 있는 작품은 작가의 의도와 관계없이 다른 인생을 살아간다.

읽지 않으면 못 배기게 만드는
책 쓰기 전략

책을 읽는 독자는 줄어들고 책을 쓰려는 사람은 많다. 책을 읽지 않고 책을 쓰려는 추세라고 하면 지나친 일반화일까? 책을 쓴다는 의미는 자기 삶을 흘러간 추억의 파편으로 내버려두고 싶지 않다는 이야기다. 한 권의 책으로 엮으면 산만했던 기억의 파편이 질서 있게 재편집된다. 문제는 생각날 때마다 띄엄띄엄 쓰는 글과 다르게 책은 집중적으로 일정한 콘셉트와 구조를 갖고 써야 한다는 데 있다.

한 권의 책을 쓴다는 것은 결국 한 사람의 삶을 담아내는 지난한 과정이다. 거기에는 특별한 비법이 있는 것도 아니다. 조금만 노력하면 책을 쓸 수 있다고 주장하는 것은 진짜 책을 써보지 않은 사람들의 무리한 주장이 아닐 수 없다.

글짓기와는 다르게 독자가 읽어주지 않는 책 쓰기는 쓸 데 없는 노력을 투자하는 일이다. 어떻게 하면 독자가 읽어주는 책을 쓸 것인지를 고민하지 않으면 안 되는 이유다.

책을 읽게 하려면 우선 책의 콘셉트로 독자를 사로잡아야 한다. 둘째, 왜 책을 쓰게 되었는지, 어떤 위기가 있었기에 책을 내려고 하는지 주목하게 해야 한다. 셋째, 누가 독자인지, 그들이 겪는 문제나 아픔은 무엇인지를 호소하여 독자가 달려들게 해야 한다. 넷째, 책을 쓴 배경을 설명하면서 독자의 가슴에 스며들어야 한다. 다섯째, 독자가 겪고 있는 아픔이나 직면한 문제를 어떻게 치유하고 해결할 것인지, 즉 어떤 솔루션이나 콘텐츠를 제공할지 파고들어야 한다. 여섯째, 독자의 이해를 돕기 위해 작가가 경험한 사례를 소개한다. 일곱 번째, 콘텐츠를 심화·발전시킬 수 있는 재료들로 논지를 더욱 풍부하게 만들어야 한다. 마지막으로 궁극적인 혜택이나 유익을 결론으로 제안함으로써 독자가 실천 현장으로 뛰어들게 해야 한다.

여기서는 이것을 잘 정리하여 독자로 하여금 읽지 않으면 못 배기게 만드는 전략을 소개하겠다. 이름하여 '독자를 유혹하는 책 쓰기 8C 전략'이다.

독자를 유혹하는 책 쓰기 8C 전략

① 콘셉트(Concept): 무슨 책을 내려고 하는가?

② 목적(Crisis): 왜 책을 내려고 하는가?

③ 독자(Consumer): 누가 내 책의 독자인가?

④ 배경(Context): 책을 쓰기로 결심한 배경은?

⑤ 내용(Content): 독자의 아픔을 해소해줄 나만의 솔루션은?

⑥ 사례(Case): 이해를 돕는 사례가 있는가?

⑦ 연결(Connection): 내 주장을 뒷받침해줄 다른 콘텐츠는?

⑧ 결론(Conclusion): 그래서 어쩌라는 이야기인가?

콘셉트(Concept):

무슨 책을 내려고 하는가?

————

책의 콘셉트는 대부분 제목에 들어 있다. 쓰고 싶은 책을 한 문장으로 표현해보자. 그것이 바로 책의 콘셉트다.

예를 들어 《공부는 망치다》라는 책에서는 공부를 생각의 고치 안에 들어앉은 타성이나 고정관념을 망치로 깨부숨으로써 생각의 가치를 드높이는 고달픈 과정으로 이해한다. 《나무는 나무라지 않는다》는 나무에게 배우는 인문학적 교훈으로 자신의 삶을 깊이 성찰해보게 하는 책이다.

한 줄의 제목에 빨려들게 하는 간단한 매뉴얼은 존재하지 않는다. 치열한 고민과 노력이 축적되면서 복잡한 생각이 어느 순간 갑자기 단순명쾌하게 정리된다.

목적(Crisis):
왜 책을 내려고 하는가?

사람은 위기에 처하면 결단을 내린다. 그리고 결과가 어떻든 위기에서 벗어나기 위해 사투를 벌인 이력이 곧 삶의 소중한 지혜로 축적된다. 책은 절박한 현실 인식에서 출발한다. 특히 자신의 삶을 한 권의 책으로 정리해보고 싶은 사람에게 위기는 곧 책을 내려는 목적과 직결된다.

절박한 위기가 책으로 엮이는 과정 자체가 큰 공부다. 내버려두면 기억의 파편으로 사라질 한때의 기록이 소중한 삶의 디딤돌로 전환되어 책으로 구성된다.

책의 콘셉트를 조금 더 자세하게 풀어서 설명해보자. 그것이 책의 목적이고 존재 이유다. 내가 책을 내지 않으면 안 되는 이유, 그것이 바로 목적이다. 가만히 앉아서 외부 전문가에게 난국을 돌파할 대안을 묻지 않겠다는 결단이기도 하다. 자신의 문제나 위기는 자신의 노력으로 극복할 때 소중한 자산이 된다. 책 쓰기는 그래서 삶의 자산화를 촉진시키는 소중한 작업이다.

독자(Consumer): 누가 내 책의 독자인가?

책은 작가가 쓰지만 독자가 읽어주지 않으면 무용지물이다. 그래서 작가의 입장보다는 독자의 입장에서 먼저 생각해야 한다. 아무리 잘 써도 독자가 알아주지 않으면 책은 그저 종이 낭비에 불과하다.

> "책은 읽힐 때에만 온전히 존재하며, 책이 진짜 있어야 할 곳은 독자들의 머릿속, 관현악이 울리고 씨앗이 발아하는 그곳이다. 책은 다른 이의 몸 안에서만 박동하는 심장이다."

○ 리베카 솔닛, 《멀고도 가까운》, 김현우 옮김(반비, 2016), p.99.

리베카 솔닛의 《멀고도 가까운》에 나오는 말이다. 독자의 심장을 뛰게 하려면 그들이 직면한 아픔이나 문제를 정확히 알아야 한다. 타깃으로 삼은 독자가 누구인지, 그들에게 어떤 솔루션을 제공해줄 것인지를 분명하게 정의하지 않으면 책 쓰기는 엉뚱한 길로 빠진다. 독자가 보자마자 내 얘기라고 집어들 수 있는 책을 기획하기 위해서는 독자의 아픈 부분을 정확히 조준해야 한다.

배경(Context):
책을 쓰기로 결심한 배경은?

———

모든 지식이나 깨달음은 그것이 탄생할 수밖에 없었던 특이한 배경을 품고 있다. 진공관에서 어느 날 갑자기 세상을 움직이는 비밀 전략이 나오지 않는다.

독자는 작가가 어떤 사연이 있었기에 이런 책을 쓰게 되었는지 궁금해한다. 작가가 책을 쓰려고 결단을 내린 데에는 말 못 할 사연이나 독특한 배경이 있다. 거기서 깨우친 삶의 교훈을 혼자만 알고 있기보다 많은 사람들에게 들려주고 공유하고 싶어 한다.

책을 쓰게 된 이러한 배경을 인지하고 독자에게도 잘 전달한다면 독자는 작가의 메시지를 더욱 확실히 이해한다.

내용(Content):

독자의 아픔을 해소해줄 나만의 솔루션은?

———

독자의 아픈 부위를 파악했으면 거기에 적합한 처방을 내려야 한다. 책의 내용, 즉 콘텐츠는 바로 독자가 궁금해하는 부분을 정확히 포착하고 이에 상응하는 솔루션을 제공하는 처방전이다. 콘텐츠는 파란만장한 스토리이자, 우여곡절의 반전과 역전이 숨어 있고 절치부심의 고뇌가 서려 있으며 희로애락의 4중주가 울려 퍼지는 파노라마이자 드라마다.

자신의 체험을 녹여내지 않고서 독자를 감동시키기는 힘들다. 책으로 쓸 삶이 있어야 쓰기라는 전달 기술로 독자를 감동시킬 수 있다. 체험하지 않은 주장은 관념의 파편으로 전락한다. 따라서 콘텐츠에는 철저하게 나의 체험과 신념, 체험으로 깨달은 교훈이 담겨야 한다.

이해를 돕는 사례가 있는가?

―――――

책은 논리적 주장만으로 완성할 수 없다. 복잡한 개념이나 전문적인 용어를 동원하는 주장은 위화감만 줄 뿐이다. 독자의 이해를 돕고 작가의 이야기 속으로 끌어들이는 가장 좋은 방법은 사례나 에피소드를 잘 활용하는 것이다. 사례는 복잡한 주장이나 난해한 개념을 쉽게 이해하도록 도와준다. 작가의 주장에 대한 풍부한 밑그림을 그려줄 뿐만 아니라 모두가 공감할 수 있는 이해의 기반을 마련해준다. 에피소드에 담긴 체험담이나 깨달음은 독자에게 재미와 의미를 동시에 제공한다. 누구나 경험할 수 있는 사례이면서도 특별한 의미를 갖는 작가의 체험적 사례이기 때문이다.

연결(Connection):

내 주장을 뒷받침해줄 다른 콘텐츠는?

―――――

책에는 자신의 경험을 뒷받침해주는 다양한 사람들의 깨달음을 인용할 수 있다. 앞에서도 말했지만 글쓰기는 발상이 아니라 연상이다. 주제와 관련된 재료들을 얼마나 자유롭게 동원하는지가 글짓기를 계속 이어나갈 수 있을지를 결정한다.

아파트에 관하여 글을 쓴다고 가정해보자. 나는 아파트라는 단어를 떠올리면 가장 먼저 연상되는 장면이 아파트 건설 현장이다. 폭염을 등지고 무거운 벽돌을 지게에 짊어지고 나르는 일용직 건설 노동자의 모습이 먼저 연상된다. 대학 다닐 때 아르바이트로 건설 현장에서 무거운 벽돌을 나르던 체험 때문이다.

속담이나 격언도 좋고, 드라마나 영화의 명대사, 위인들의 명언이나 격언도 좋은 연상 재료로 활용할 수 있다.

결론(Conclusion):

그래서 어쩌라는 이야기인가?

———

책을 끝까지 읽게 만드는 원동력은 메시지에서 얻을 수 있는 공감과 통찰력에서 나온다. 책의 끝 부분에는 결론이 기다리고 있다. 결론에는 독자가 기나긴 읽기 여행을 마치면서 기대하는 화룡점정의 메시지가 숨어 있다. 프롤로그에서 시작한 읽기 여행은 본문을 통과하고 마지막 결론에 이르는 여정만 남아 있다.

마지막 책장을 덮을 때 독자에게 어떤 잔향과 여운을 남길 것인가? 많은 영화를 봤지만 여운이 유독 오랫동안 남는 영화가 있다. 책도 마찬가지다. 이제 독자는 저와 함께했던 소중한 독서 여행을 마치려는 순간이다. 작가가 책을 쓰면서 깨달은 마지막 결론과 더불어 독자가 무엇을 해야 할지를 제언하는 마지막 순간이다. 강렬한 메시지를 남겨야 책에 대한 이미지도 오래간다.

제목에 따라 제 몫을
할 수 있는지가 결정된다

제목은 책 한 권을 한마디로 요약한 카피다. 아무리 내용이 훌륭해도 독자의 마음속으로 파고들어가지 못하면 읽히지 않는다. 제목에 따라 책은 제 몫을 할 수 있는지의 여부가 결정된다. 책 제목은 목차를 구성하는 소주제를 집대성해서 축약한 것이다. 소제목 역시 해당 챕터에서 전하고자 하는 메시지를 한 줄로 줄인 것이다. 한 줄로 줄인 여러 소제목을 다시 한 줄로 줄여서 만든 헤드 카피가 바로 제목이다.

제목을 잘 정하는 비법은 없다. 책을 쓰는 내내 치열하게 고민하고 출판사와의 오랜 협의를 거친 뒤에야 어느 순간 수면 위로 모습을 드러낸다. 보통 책에 담긴 메시지가 사회·역사적 트렌드와 맞물려 돌아가는 과정에서 '이거다' 싶은 제목이 떠오른다.

제목은 책을 통해 작가가 독자에게 말하고 싶은 핵심 메시지를 담고 있으면서도 독자의 호기심을 자극하고 읽고 싶게 만들어야 한다. 그래서 책 쓰기보다 어려운 게 제목을 정하는 일이다. A4 100쪽 내외의 책 원고를 한마디로 압축한 것이 제목이다. 길게 쓰는 것보다 짧게 한 줄로 말하는 게 더 어렵다.

보통 제목에 들어갈 키워드는 본문에 들어 있다. 원고를 반복해서 읽다 보면 독자들을 사로잡을 만한, 심장에 꽂히는 제목이 떠오르는 경우가 많다. 다만 제목만 봐도 어떤 책인지를 알 수 있어야 하며 읽고 싶게 끌어당기는 카피가 필요하다. 제목을 봤을 때 무슨 책인지 짐작은 가지만 너무 틀에 박힌 식상한 제목이면 독자가 관심을 주지 않는다.

독자의 심장을 뛰게 만드는 첫걸음은 제목에서 시작된다. 독자가 책을 사는 첫 번째 관문이기도 하다. 제목으로 독자를 유혹하는 데 성공해야 작가는 자신이 전하고 싶은 메시지를 독자로 하여금 읽게 할 수 있다.

제목을 정하는 비결과 첩경도 없지만 그럼에도 제목을 정하는 몇 가지 원칙과 전략을 제시할 수는 있다. 문제는 이대로 한다고 훌륭한 제목이 자동으로 나오지는 않는다는 데 있다.

독자에게 사랑받는 책은 제목부터가 다르다. 제목이 모호하고 매력적이지 않은데 사랑받는 책은 고전이나 특별한 경우에만 해당한다. 칸트의 3대 비판서인 《순수이성비판》, 《판단력 비판》, 《실천이성 비판》을 제목이 끌려서 읽는 사람은 없다. 내용 자체가 어렵기는 하지만 철학사의 한 획을 그은 고전이기 때문에 수많은 사람들이 읽는 것이다. 스피노자의 《에티카》도 제목이 매혹적이어서 단숨에 독자들의 관심을 끈 것이 아니다. 난해한 책임에도 불구하고 《에티카》를 읽기 위해 노력하는 이유는 그가 창조한 '코나투스conatus'라는 개념 때문이다. 코나투스는 자신의 존재를 보존하려는 욕구를 일컫는다.

힘들게 쓴 만큼 독자들의 주목을 받아 읽히는 책이 되려면 제목을 잘 뽑아야 한다. 제목만 봐도 읽지 않으면 안 될 것 같은 강한 끌림을 가진 제목이 있다. 내가 《니체는 나체다》를 쓰고 신문에 칼럼을 쓸 때 고민했던 것도 헤드라인을 어떻게 뽑을 것인지였다. 그때 칼럼 제목을 "화끈하게 벗어야 확실히 보인다"로 잡았다. 한 시간 만에 수만 명이 클릭을 해서 봤다.

2018년 12월 25일 한 해를 정리할 겸 그동안 만났던 사람을 떠올리면서 〈이런 사람 만나지 마세요〉라는 글을 브런치에 올렸다. 2020년 8월 기준 55만 명이 이 글을 봤고, 공유 수는 2만 1천 회가 넘었다. '이런 사람을 만나세요'가 아니라 반대로 쓴 부정적인 헤드라인이 더 많은 사람들의 눈을 사로잡은 것이다.

끌리는 책 제목이 되기 위한 다섯 가지 원칙과 전략이 있다. 한마디로 '토픽TOPIC'이 되는 제목이다.

① Trigger: 방아쇠를 당겨 심장에 꽂아라

② Originality: 독보적인 아이디어로 감탄을 유발하라

③ Parody: 살짝 비틀어 낯설게 하라

④ Intuition: 직관적으로 와닿게 하라

⑤ Curiosity: 호기심을 자극하라

Trigger:
방아쇠를 당겨 심장에 꽂아라

―――――

샤넬 No.5는 100년 가까이 인기를 누려왔지만 점차 인기가 떨어지자 오랜 혁신 끝에 2008년 '샤넬 No.5 오 프리미에르'를 출시하면서 '마치, 처음처럼'이라는 메시지로 고객을 유혹했다. 복잡한 메시지로 구구절절 설명하지 않고 바로 방아쇠를 당겨 고객의 심장에 꽂히는 강력한 메시지를 던졌다.

김수현이 쓴 《나는 나로 살기로 했다》도 심장에 꽂히는 책 제목이었다. 자신 이외에 그 무엇도 될 수 없고 될 필요도 없다는 단순한 메시지 하나로 독자들의 심장을 공략한 책이다. 《지적 대화를 위한 넓고 얕은 지식》역시 마찬가지다. 우리 사회의 한 단면을 그대로 드러낸 제목이다. 복잡한 생각과 깊은 지식보다 가볍게 읽고 폭넓게 알고 싶은 독자의 심리를 정면으로 공격한 책이다. 《아, 보람 따위 됐으니 야근수당이나 주세요》는 저자가 무엇을 말하려고 하는지 제목에 그대로 노출되어 있다. 책 제목은 이처럼 독자에게 전달하고 싶은 메시지를 단도직입적으로 드러내는 방식으로 심장에 꽂아야 한다.

Originality:
독보적인 아이디어로 감탄을 이끌어내라

———

세상에 새로운 것은 없다. 독보적인 아이디어도 결국 이미 있는 생각을 낯설게 편집한 결과다. 정문주의 《시골 빵집에서 자본론을 굽다》는 시골 빵집을 운영하면서 깨달은 자본론의 핵심을 말하는 책이다. '자본론 해설'이나 '자본론을 사업에 적용하기'와 같은 평범한 제목이었다면 독자들의 관심을 받지 못했을 것이다. 빵집과 자본론을 연결 지은 아주 독창적인 제목이다. 《나무는 나무라지 않는다》는 나무의 본질적 속성 중에 '나무는 환경을 탓하지 않는다'라는 메시지와 연결시켜 운율을 살린 제목이다. 언어유희를 가미하여 호기심을 자극함과 동시에 한 번 들으면 잊을 수 없다.

독보적인 아이디어는 직간접적으로 경험한 다양한 아이디어를 융복합하는 가운데 출산된다. 결국 제목도 제조할 재료가 풍부해야 독보적인 표현으로 연결된다. 노명우의 《세상물정의 사회학》은 '세상물정'과 '사회학'을 융복합해 탄생한 제목이다. 사회학자의 이론적 태생 배경인 세상 속으로 들어가 거기서 발생하는 사회 현상을 사회학적 시각으로 녹여낸 수작이다.

Parody:
살짝 비틀어 낯설게 하라

─────

거칠게 표현하면 모든 창조는 기시감과 미시감의 산물이다. 와튼스쿨의 애덤 그랜트Adam Grant 교수는 그의 저서 《오리지널스》에서 이렇게 말한다.

"기시감은 우리가 새로운 것을 접했을 때 전에 본적이 있는 듯한 느낌이 드는 현상을 말한다. 미시감은 그 반대다. 늘 봐 온 익숙한 것이지만, 그것을 새로운 시각으로 바라봄으로써 기존 문제를 새로운 방식으로 해결함을 뜻한다."

일례로, 이병률의 《바람이 분다 당신이 좋다》는 폴 발레리 Paul Valéry의 시 〈해변의 묘지〉에 나오는 "바람이 분다! 살아야 겠다!(Le vent se lève! Il faut tenter de vivre!)" 구절을 패러디한 제목 이다. 독보적인 아이디어지만 늘 봐온 시 구절을 살짝 비틀어 낯설게 만든 미시감의 사례다.

어디서 많이 본 카피나 문구가 제목에 등장하는 경우가 있 다. 《손자병법》을 개인에게 적용한 《혼자병법》 같은 제목이다. 《하마터면 열심히 살 뻔했다》는 열심히 '내' 인생을 살기 위해 열심히 살지 않기로 결심한 사람의 인생 교훈집이자 조언집이 다. 진짜 열심히 자기 인생을 살지 못한 자신을 반성하는 역설 적인 제목의 책이다.

○   애덤 그랜트, 《오리지널스》, 홍지수 옮김(한국경제신문, 2016), pp.28-29.

정제된 메시지로 독자의 상상력을 자극하되 구체적인 이미지가 머릿속에 떠오르는 제목이 좋다. 구구절절 설명을 들어봐야 이해가 가는 제목은 아직 미완성이다. 단숨에 독자의 상상력을 사로잡는 제목에는 이미 저자가 무엇을 말하고 싶은지가 들어 있다.

최근 트렌드는 문장형 제목이다. 예전 같으면 책 광고에 쓰일 만한 문구들이 제목으로 쓰이고 있다. 아마도 책의 내용을 직관적으로 요약하기 때문일 것이다.

예를 들면 백세희의 《죽고 싶지만 떡볶이는 먹고 싶어》는 '죽고 싶지만 떡볶이는 먹고 싶은' 마음은 어떤 마음일까를 직관으로 상상하게 만드는 책이다. 참을 수 없이 울적한 순간에도 친구들의 농담에 웃고, 그러면서도 마음 한구석에서는 허전함을 느끼고, 그러다가도 배가 고파서 떡볶이를 먹으러 가는 자신을 반복해서 경험하는, 우울하지만 그럭저럭 살아가는 우리 모두의 이야기다.

Curiosity:
호기심으로 자극하라

––––––––

1999년에 출간된 정찬용의 《영어 공부 절대로 하지 마라》는 제목에서 당장 호기심이 든다. 왜 영어 공부를 절대로 하지 말라는 것일까? 갓난아이는 문법서를 통해 언어를 습득하지 않는다. 그러니 문법을 먼저 배우는 영어 공부는 하지 말고 아이가 언어를 습득하는 방법으로 공부하라는 내용이다.

은유법을 사용하면 A와 B의 관계에 대하여 독자들은 호기심을 갖는다. 연관성이 없어 보이는데 연관이 있음을 궁금해하고 알고 싶은 욕구를 가진다. 내가 쓴 《공부는 망치다》도 궁금증을 유발한다. 이 책의 아이디어는 신영복 교수의 "공부는 망치로 합니다. 갇혀 있는 생각의 틀을 깨트리는 것입니다."라는 글에서 얻은 것이다. 공부와 망치는 겉으로 보기에는 닮지 않았지만 닮은 점을 찾아내서 연결하는 은유법을 사용했다. 망치처럼 공부도 뭔가를 깨부수는 '창조적 파괴 과정'임을 아는 순간 독자의 호기심이 충족된다.

토픽감이 되는 책 제목을 정하는 원칙을 모두 만족시키기란 여간 어려운 도전 과제가 아닐 수 없다. 앞에서 소개한 다섯 가지 원칙을 관통하는 한 가지 핵심은 책이 전달하고자 하는 메시지를 제목이 잘 담아내고 있는가 하는 것이다. 책의 핵심 메시지와 관계없는 제목은 본질을 전도하는 책 포장하기에 불과하다. 독자들도 그런 책을 보면 진정성을 의심하고 실망한다. 결국에는 시장에서 사라질 수 있는 위기를 스스로 초래할 수 있다. 책 내용을 위장하고 포장하기 시작할 때 작가와 책의 위기도 같이 시작된다.

책은 진심이라는 그릇에 담은 작가의 삶이다. 작가의 삶을 왜곡하거나 곡해해서 진실과 다른 이야기로 포장할 때 그 책은 질책의 대상이 될 뿐이다.

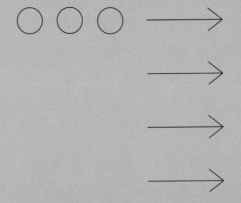

생각을 행동으로 옮기는

Practical Exercise Corner

파란만장한 삶,
파란을 일으키는 책으로 탄생되다

책을 쓰면 누구나 저자가 되지만 책을 쓴다고 누구나 작가가 되지는 않는다. 저자는 책을 쓰는 수많은 사람을 지칭하지만 작가는 자기만의 컬러와 스타일로 자신을 드러내는 사람이다. 저자는 삶과 글과 자신이 다를 수 있지만 작가는 삶과 글과 자신이 하나로 맞물려 돌아가는 사람이다. 저자는 차고 넘치지만 작가는 찾아보기 어렵다.

"작가는 예술가이며, 자기 자신을 쥐어짜 글을 쓰는 사람이다. 저자라는 말은 그 사람이 하는 일을 뜻하지만 작가라는 말은 그 사람 자신을 나타낸다."

《그럼에도 작가로 살겠다면》에 나오는 말이다. 저자는 밥벌이를 위해 노동으로 글을 쓰고, 작가는 자기 삶을 드높이기 위해 소명으로 글을 쓴다.

저자와 작가는 글을 대하는 자세와 태도, 쓰는 방식이 다르다. 글이 곧 자신을 증명하는 작품이 되는 작가와는 다르게 저자의 글은 마감 시간에 맞춰 써내야 할 상품이다. 상품 생산에 시간을 투입하는 저자와 작품 개발에 몰두하는 작가는 삶의 방식에서도 확연한 차이가 드러난다. 저자에게 살기와 짓기와 쓰기는 별개의 활동이지만 작가는 삶이 곧 글이 되기에 살기와 짓기와 쓰기가 하나다.

그렇다면 글은 어떻게 쓸 것인가? 한 문장을 쓰더라도 마치 집을 짓는 것처럼 애를 써야 비로소 한 문장이 써진다.

"말들은 좀체로 말을 듣지 않는다. 여기에 묶어내는 몇 줄이 영세한 문장들은 말을 듣지 않은 말들의 투정의 기록이다."○○

소설가 김훈이 《풍경과 상처》에서 문장을 짓는 고된 노동

○　줄리언 반스·커트 보니것·스티븐 킹, 《그럼에도 작가로 살겠다면》, 존 위너커 엮음, 한유주 옮김(다른, 2017), p.6.
○○　김훈, 《풍경과 상처》(문학동네, 2009), p.5.

의 흔적을 고백하는 내용이다. 무라카미 하루키처럼 소설을 전문적으로 쓰는 작가 역시 책 쓰기가 쉽지 않다고 고백한다.

"삶이 고차 함수인데 글이 쉽게 써지면 반칙이다."

이 말은 은유의 《다가오는 말들》에 나오는 말이다. 책 쓰기가 쉽다고 생각하는 사람은 아마 책을 써보지 않은 사람일 확률이 높다. 책 쓰기의 고통을 온몸으로 체험해본 사람은 장거리 마라톤 선수가 달리는 내내 사투를 벌이는 장면을 연상한다. 그에게 책 쓰기는 일생일대의 프로젝트다. 이렇게 힘을 써서 글을 쓰다 보면 어느 사이 독자가 읽어주고 작가로서의 왕관을 쓰기도 한다.

여기에서는 4장에서 배운 '독자를 유혹하는 책 쓰기 8C 전략'을 이용해 각자의 성장 체험을 기반으로 한 권의 책을 쓰는 구상을 해보자. 자신을 바꾼 10대 각성 사건을 주제로 책을 쓴다고 가정하고, 여덟 가지 질문에 차례대로 대답해보자.

○   은유, 《다가오는 말들》(어크로스, 2009), p.149.

① 콘셉트(Concept): 무슨 책을 내려고 하는가?

———

체험적 교훈을 기반으로 콘셉트를 정하고

책 제목을 잠정적으로 정한다.

② 목적(Crisis): 왜 책을 내려고 하는가?

———

자신이 경험한 성장 체험을 통해 깨달은 교훈을 정리하고

책을 내고 싶은 목적을 밝힌다.

③ 독자(Consumer): 누가 내 책의 독자인가?

––––––––

자신이 쓰는 책의 1차 독자가 누구인지 정하면

명확하게 메시지를 전달할 수 있다.

––

––

––

④ 배경(Context): 책을 쓰기로 결심한 배경은?

––––––––

자신의 살기와 읽기, 짓기, 쓰기가 어떻게 이어지는지 배경을 써보면

책을 쓰기로 결심한 배경이 정리된다.

––

––

––

⑤ 내용(Content): 독자의 아픔을 해소해줄 나만의 솔루션은?

————

체험적 깨달음에 비추어 핵심 메시지를 전달하고

독자와의 공감대를 높일 수 있는 솔루션을 제안한다.

⑥ 사례(Case): 이해를 돕는 사례가 있는가?

————

각 성장 체험별 사례나 에피소드를 목록화하고

거기서 무엇을 배웠는지를 강조하여 기술한다.

⑦ **연결(Connection):** 내 주장을 뒷받침해줄 다른 콘텐츠는?

———

체험적 교훈을 지원 사격해줄 다른 사람의 주장이나

책, 속담, 격언 등을 사례로 인용한다.

———————————————————————

———————————————————————

———————————————————————

⑧ **결론(Conclusion):** 그래서 어쩌라는 이야기인가?

———

쓰고 싶은 책의 결론을 한마디로 정리하고

독자에게 여운을 남기는 질문을 던져본다.

———————————————————————

———————————————————————

———————————————————————

책 쓰기를 시작하는 모든 사람들에게 마지막으로 들려주고 싶은 이야기는, 첫째, 내 경험이 책의 중심이 되어야 한다는 것이다. 무엇보다 나의 이야기를 진솔하게 해야 한다. 둘째, 습관적으로 매일 반복해서 써야 한다. 셋째, 나다움을 드러내는 쓰기여야 한다. 책 쓰기는 내가 누구인지를 찾아가고 알아가는 과정임을 명심하자. 넷째, 누구도 의식하지 않고 그냥 쏟아 놓으면 나중에 고칠 수 있다. 다섯째, 쓰기는 읽기와 같이 가는 동반자다. 읽지 않고 쓸 수는 있지만 그렇게 쓴 글은 편협한 자기 세계에 갇힌다. 여섯째, 구체적인 사례와 에피소드로 내 삶의 파노라마를 보여준다. 일곱째, 작가가 되는 그날까지 진지한 실천을 반복한다. 그렇게 꾸역꾸역 쓰다 보면 어느 순간 나는 책의 마지막 페이지를 쓰고 있을 것이다.

독자의 심장을 뛰게 하는 책

'글쓰기'는 붙여 쓰고 '책 쓰기'는 띄어 쓴다. 글은 쓰기만 하면 글짓기로 태어나지만, 책은 쓴다고 바로 책으로 탄생되지 않는다. 다시 말하면 글짓기는 단거리경주지만 책 쓰기는 장거리 마라톤이다. 글쓰기는 순발력으로 해낼 수 있지만 책 쓰기는 지구력으로 견뎌내야 한다. 또 글은 단기간에 원하는 분량을 자유롭게 쓸 수 있지만 책은 장기간 일정한 분량을 써내야 한다. 글쓰기는 한 가지 주제로 펼치는 단기전이지만 책 쓰기는 한 가지 주제라도 여러 번 다르게 펼쳐지는 장기전이다.

이렇게 글을 쓰고 책을 쓰면서 공부하지만 그 공부가 작가만의 공부로 머물러 있다면 책은 아직 갈 길이 멀다. 진짜 책의 존재 이유는 독자들의 심장에서 비롯된다. 아무리 작가가 많은 공부를 하면서 책을 완성했다고 해도 독자와의 공감대를 형성하지 못한다면 책은 그 존재 이유가 없다. 《출판하는 마음》이라는 인터뷰집을 낸 은유 작가는 글과 책의 차이점을 다음과 같이 언급하고 있다.

"글이 내 안에 도는 피라면 책은 다른 이의 몸 안에서만 박동하는 심장이다."

내 맘대로 쓴 글이 남의 심장을 움직이려면 내 생각을 그대로 쏟아놓아서는 안 된다. 진짜 책은 독자들을 새로운 공부의 세계로 인도해서 깨달음과 공감대를 형성하는 지적 자극제가

○ 은유, 《출판하는 마음》(제철소, 2018), p.12.

되어야 한다. 그럴 때 비로소 책은 독자들을 미지의 세계로 인도하는 관문이자 자신의 삶을 되돌아보게 만드는 거울로 작용한다.

나 아닌 다른 사람이 기꺼이 지갑을 열고 돈을 지불한 다음 소중한 자기 시간을 내서 책을 읽게 만들기 위해서는 독자의 아픔을 사랑해야 한다. 독자의 입장에서 생각해보는 역지사지와 측은지심이 작가의 몸속에서 숙성되어 탄생한 고뇌의 산물을 내놓아야 한다.

마침표가 물음표에게 말을 걸다

작가가 고심 끝에 찍은 마침표에서 독자의 물음표는 시작된다. 작가의 마침표에서 시작되는 독자의 물음표는 여러 가지 모양으로 자란다. 작가의 마침표가 담고 있는 사연이 천차만별이듯 거기서 시작되는 독자의 물음표 역시 사연이 있고 다양한 형태로 뻗어나간다.

모든 문장은 마침표를 찍어야 비로소 완성된다. 문장 끝에 찍히는 마침표는 작가가 찍고 싶어서, 또는 찍을 때가 되어서 찍는 문장부호다. 마침표를 너무 오랫동안 찍지 않고 긴 호흡으로 달려갈 때는 쉼표를 불러온다. 잠시 쉬었다 가라는 것이다. 작가는 쉼표를 찍고 거기에서 잠시 숨을 고른 뒤 다음 목적지를 구상하고, 다시 다음 마침표를 찍을 때까지 부지런히 내달린다.

문장 끝에 찍힌 마침표에 여운이 남아 있기도 한다. 작가가 하고 싶었던 할 말을 다하지 못하고 말문을 닫았기 때문이다. 마침표에 담긴 고뇌의 깊이가 독자에게 닿지 못하고 허공으로 날아가기도 하고, 작가의 심장박동이 허공의 메아리로 들리기도 한다.

닿을 듯 말 듯한 작가의 마침표와 독자의 물음표 사이의 거리. 끝내 만나지 못할지라도 최종 마침표를 찍을 때까지 대책 없이 뛰어든다.

한 사람이 일생 동안 찍는 마침표는 과연 몇 개나 될까? 파란만장한 삶을 책 한 권에 담는다면 그 책에는 몇 개의 마침표가 살아갈까?

숨죽인 문장마다 다른 삶이 담겨 있다. 어떤 마침표는 작가도 모르는 사이에 찍은 하소연이다. 또 다른 마침표는 큰 깨달음 뒤에 기뻐서 날뛰다가 찍은 종지부다. 힘들고 지쳐 긴 한숨 끝에 잠시 쉬어가기 위해 찍은 쉼표의 다른 이름이기도 하다.

마침표는 좌절과 실패의 반복 속에서 다 포기하고 싶을 때 다시 한번 시작하라는 출발점이기도 하다. 더 큰 도약을 위해 온몸을 던져 수고한 나에게 베푸는 따뜻한 위로이기도 하다.

어떤 사람은 내일을 구상하며 건너는 징검다리라고도 한다.

이렇듯 마침표는 짧은 시간이었지만 그동안 살아오면서 세상과 나눈 대화의 결과다. 다른 사람과 오랫동안 다투고 깨달으면서 찍은 각성의 다른 이름이다.

어떤 마침표는 늘 반복되는 일상 속에서 갑자기 다가온 행복한 순간이다. 그리고 어두운 땅속에서 몇 년을 견디다 땅 밖으로 나온 매미가 지나가는 여름을 붙잡고 울어대는 처절한 울음소리다.

매일 물을 마셔야 살아가는 사람에게 물이 없이도 살아가는 지혜를 가르쳐주는 사막의 선인장, 누구도 승산이 없다고 포기한 싸움에 뛰어들어 마침내 승리를 거머쥐고 울리는 승전보, 작열하는 성하의 여름을 보내고 수확을 꿈꾸며 맞이하는 풍요로운 가을의 전령사, 한평생 내가 누구인지 묻고 살지만 죽기 전까지도 나조차 낯선 이방인, 버거운 오늘, 힘든 하루를 마치며 집으로 돌아가는 사이 마시는 소주 한 잔, 구절양장의 삶을 살면서도 불굴의 의지로 뜻을 굽히지 않는 백절불굴의 소나무…. 이 많은 마침표가 살아가는 곳이 바로 우리의 삶의 현장이 아닐까.

저마다의 마침표가 품고 있는 사연과 배경을 파고들어 질문을 던지는 과정에서 글감은 영감으로 다가온다. 일상에서 경이로운 상상력의 싹을 자라게 하고, 익숙한 세계에서 새로움을 발견하려는 노력이 글짓기로 이어진다.

마침표는 뜻대로 되지 않아도 포기하지 않고 살아가기 위해 지금 이 순간에도 충실하려는 사람들의 어설픈 몸부림이다. 아직은 답을 잘 모르지만 그럼에도 살아야 하는 이유를 찾아 안간힘을 쓰게 하고, 늘 부족한 자신의 삶에 대한 냉정한 반성과 성찰을 이끌어낸다. 그래서 마침표는 우연한 만남이자 경이로운 기적이다.

작가가 찍은 마침표는 독자의 생각이 샘솟는 호기심의 근원지다. 마침표는 당신의 마음속에 자라는 호기심이다. 어제와 다른 생각을 하기 위해서는 작가가 찍어놓은 모든 마침표 안으로 들어가 그 문장들이 나에게 어떤 의미로 다가오는지를 물어봐야 한다.

작가는 글을 짓고 책을 쓰고 독자는 책을 읽는다. 작가와 독자가 구분되는 세상에서 더 이상 살지 않으려는 사람에게 이 책은 그 출발점을 다르게 제시할 것이다. 작가도 독자이고, 독자도 작가가 되는 작독가作讀家의 길이 여기에 있다. 작가의 마침표는 독자에게 물음표다. 마침표에서 시작하는 물음표가 독자의 삶을 바꾼다.

시간은 문장을 식게 하지만 문장에 담긴 작가의 마음은 시간이 흐를수록 더욱 뜨겁게 데워진다.

데워진 문장 속에 숨어 있는 작가의 열정이 독자에게 옮겨지면, 독자는 자기 삶의 저자를 넘어 작가로 거듭난다. 저마다의 삶이 이미 책 한 권이 되는 이유다. 이제 나의 책은 독자에게 넘어갔다. 이 책에 담긴 글맛의 10%만이 작가의 몫이고, 이 책에 담긴 글 멋의 90%는 독자의 몫이다. 자기만의 멋을 창조하는 삶이 당신만의 사람 책으로 다시 태어나기를 기대한다.

책쓰기는 애쓰기다

초판 1쇄 발행 2020년 8월 27일
초판 3쇄 발행 2021년 7월 5일

지은이 | 유영만
펴낸이 | 한순 이희섭
펴낸곳 | (주)도서출판 나무생각
편집 | 양미애 백모란
디자인 | 박민선
마케팅 | 이재석
출판등록 | 1999년 8월 19일 제1999-000112호
주소 | 서울특별시 마포구 월드컵로 70-4(서교동) 1F
전화 | 02)334-3339, 3308, 3361
팩스 | 02)334-3318
이메일 | tree3339@hanmail.net
홈페이지 | www.namubook.co.kr
블로그 | blog.naver.com/tree3339

ISBN 979-11-6218-112-6 03800

이 도서의 국립중앙도서관 출판예정도서목록(CIP)은 서지정보유통지원시스템 홈페이지
(http://seoji.nl.go.kr)와 국가자료종합목록 구축시스템(http://www.nl.go.kr/kolisnet)에서
이용하실 수 있습니다.(CIP제어번호: CIP2020032571)